KB077058

어쩌다, 해방촌

어쩌다, 해방촌
ⓒ 조헌주, 2021

초판 1쇄 발행 / 2021년 5월 6일

지은이 / 조헌주
일러스트 / 오유빈
펴낸곳 / 베라북스
출판등록 / 제 2021-000029호

ISBN 979-11-974556-0-5

*본 도서는 서울시캠퍼스타운 사업의 지원으로 창업하여 제작되었습니다.
*본 도서는 카페24(주)에서 제공한 카페24 고운밤을 제목에, Noto Serif KR Light를 본문에 사용하였습니다.

어쩌다, 해방촌

조헌주 지음

프롤로그

　인생을 살면서 "어쩌다 보니 이 자리까지 오게 되었네요."하는 등의 말을 들어본 적이 있는가. 어쩌다 계속하고 있다는 말, 그리고 최고의 자리까지 오게 되었다는 말. 안간힘을 써도 안 되는 게 있는데 어쩌다가 되었다니…. 참 무책임하게 들릴 수도 있는 말이다. 하지만 자신도 모르는 사이에, 그 내면에선 간절히 원하고 바라고 있었을 수도 있다. 의식하지 못할 뿐이지.

　생각해 보면 나도 '어쩌다'라는 말을 참 많이 썼다. 어쩌다 방송 작가를 하고, 뮤지컬을 공부하고, 여행을 하면서 살고 있다고 생각했다. 앞일에 대해 치밀하게 준비하거나 계획을 세우는 스타일은 아니기에 마음이 시키는 대로 일을 해 왔다. 생각해 보니 어쩌다 하게 된 모든 것들은 마음에서 원하는 것이었고, 그래서 상황이 자연스럽게 만들어졌던 것이다.

난 어쩌다 해방촌으로 이사를 왔다. 어떤 정보도 없었고, 여기서 살아야겠다는 간절한 마음도 없었다. 마음의 소리를 따라 행동했고, 이곳이 마침 눈에 들어왔다. 살면서 점점 매력을 느끼게 되고, 살다보니 지금까지 살아온 나의 인생 중 절반 이상을 이곳에서 보내게 됐다.

누군가는 말했다. 잠깐 머무르는 이방인들의 삶이 대부분인 이곳에서 어떻게 이렇게 오래 살 수 있냐고. 사실, 나도 내가 해방촌에서 이렇게 오래 살게 될지 몰랐다.

우연히 와서 살고 있지만, 그만큼 나랑 잘 맞는 장소가 아닐까. 맞지 않았다면 어떻게든 벗어나려고 했을 것이다. 나도 모르게 내 마음 속 깊숙한 곳에서 이곳에서 계속 살기를 원했을지도….

해방촌 이야기를 왜 쓰고 싶었는지 모르겠다. 겉으로 봤을 땐 모르는 것들이 있다. 이곳이 그런 곳이 아니었을까. 겉과 속이 다를 수도 있고, 까도 계속 나오는 양파와도 같은 매력을 가지고 있을 수도 있고… 그런 곳에서 살면서 경험한 일들을 나누고 싶었나보다.

이곳에 와서 살았고, 머무르기도 했다. 떠나기도 했었지만, 다시 와서 살고 있다. 많은 사람들을 만났고, 다양한 경험을 했다. 사랑도 했고 이별도 했다. 그렇게 뜨거운 햇살과 비바람을 맞으며 난 계속 나아갔다.

어쩌면 인생은 끊임없이 자기가 가장 살기 좋은 최적의 상태를 만들기 위해 계속해서 나아가는 일이 아닐까 한다. 그렇게 안간힘을 쓰는데 변화가 없다고 느낀 적도 있다. 하지만 돌이켜보면 난 조금씩 성장하고 있었다.

그렇게 20년 동안, 해방촌의 변화와 함께 알게 모
르게 성장한 한 청춘의 기록을 조심스럽게 내밀어 본
다.

　오늘도 각자의 자리에서 최선을 다해 살고 있는 청
춘들을 응원하며…!

차례

오
다

독립

'독립'이란 단어는 참 비장하게 느껴진다. 어떤 울타리 속에서 보호와 감시를 받다가 이제는 모든 것을 내 맘대로 결정하고 살아도 된다는 뜻이다. 하지만 그에 대한 책임은 이제 온전히 내 몫이란 의미이기도 했다. 그래도 좋았다. 이제 더 이상 남의 눈치를 보지 않고 살 수 있다면.

누가 눈치를 준다고 눈치를 보며 사냐고 할 수도 있지만 그건 천성이다. 애초부터 그렇게 생겨 먹었다는 거다. 태어나자 맞닥뜨리는 작은 사회라는 가정의 환경에서 오는 것일 수도 있고, 형제·자매의 서열에서 오는 것일 수도 있다. 애초부터 자신이 갖고 태어난 서열로 인해 사회가 보는 규정화된 성격이 생길 수도 있다.

그런 의미에서 생긴 내가 가진 성격을 굳이 단어로 표현한다면 바로 눈치와 배려이다. 강한 자기주장 따윈 없었고, 세상에서 싸움이 제일 싫으며 원하는 게 있어도 나보다는 상대방의 입장에서 생각하는 역지사지 정신을 발휘하는 나다. 생각보다는 말이 빨리 나가 할 말을 다 하고 뒤끝 없다 주장하는 그런 부류의 사람들과 나는 너무도 다른 사람이었다.

여러 각도로 생각하는 바람에 선택에 있어 언제나 버퍼링이 걸렸다. 나만 중요하게 생각하면 될 일을 배려를 하다 보니 궁극적으로 내가 원하는 것들을 강하게 말하지 못하고 맘속에서 합리화를 시키는 경우도 많았다.

그 첫 번째가 바로 자취방이다. 고등학교를 지방에서 졸업하고 'in seoul'에 있는 대학을 왔는데도 난 나의 사생활을 보장받을 만한 방을 갖지 못했다. 어렸을 때부터는 쭉 동생과 한 방을 썼고, 대학에 와서 난 인천에 있는 외삼촌댁에서 학교를 다녔다. 이때도 내 방이 따로 있었던 것은 아니고 외할머니와 방을 같이 썼다.

그런 나에게 기숙사를 들어갈 기회가 주어졌었는

데도 난 그 기회를 차버렸다. 이유는 정해진 통금시간 때문이었다. 뭐 얼마나 공사가 다망해서 집에 늦게 갈 일이 많다고 그 이유 하나로 그 기회를 날려 버리다니…. 지나간 일에 대한 후회는 잘 안 하려고 하지만, 후회가 남는 일 중에 하나다.

그래도 기회는 오는 법! 20세, 대학 졸업을 앞둔 겨울 방학에 난 취직을 했다. 20세에 무슨 대학 졸업이냐는 분들에게 덧붙이자면 어쩌다 유치원을 패스하고 초등학교를 7세에 가는 바람에 대학을 19세에 가게 된다. 거기에 내가 들어간 학교는 2년제였다. 그렇게 꿈에 그리던 방송국 막내 작가로 사회에 첫발을 내딛으면서 정확히 21세에 난 대학 졸업을 했다.

사실 이때만 해도 난 모든 것들이 또래들보다 빨라 결혼도 빨리할 줄 알았다. 그런데 남들보다 표면적으로 1년 빠른 건 인생에서 아무것도 아니구나 생각하게 된다. 그러니 남들보다 조금 뒤처졌다고 의기소침해져 있지 말자. 인생 어디로 흘러갈지 아무도 모르는 거다.

"서울 가면 코 베어 간다."라는 말씀을 하시면서 서울에 대한 공포심을 가득 불어넣어주었던 울 아버지, 내가 서울로 대학을 가는 것도 못 마땅해하셨다. 그런데 딸내미가 졸업을 하고 방송국에 취직했다고 하니 기분은 좋으셨나 보다.

어느 날, 아버지는 딸이 일하는 방송국을 봐야겠다면서 예고도 없이 방송국에 출몰하셨다. 아버지의 자부심이 가득 담긴 군복을 입고 말이다. 군인이라는 신분, 군복은 아버지의 트레이드 마크였다. 그리고 피디 님과 선배 작가 언니에게 인사를 드리고 홀연히 떠나셨다. 아버지가 다녀간 이후로 존재감도 없던 나는 잠깐 동안 사람들의 관심을 받았다. 그 이후, 나한테 차갑게 대했던 메인 작가 언니의 태도가 부드러워짐을 느꼈다.

독립에 관한 이야기를 하려다 여기까지 왔지만, 내가 일하던 곳은 라디오 국이었고 방송은 매일 아침 9시에 생방송으로 진행되었다. 그러면 난 생방송을 준비하기 위해 적어도 7시까지 출근해야 한다는 의미다. 일주일에 한두 번도 아니고 매일을 그렇게 나간다는 것은 엄청난 내적 싸움이 동반된다. 그런데 내적 싸움뿐 아니라 같이 사는 사람에게도 민폐가 되는 것이다. 한 번이라도 내가 늦는 날이면? 그 날은 메인 작가 언니의 히스테리를 다 받아야 하는 날이 된다.

아침 5시에 부스럭하며 일어나 준비하고 여의도까지 가기엔 먼 거리, 그리고 나보다는 같이 사는 사람들의 불편함에 대해들은 부모님은 그때서야 나의 독립 허락을 해 주셨다. 올레! 보통의 부모님들은 딸이 걱정돼서 집을 알아봐 주기도 하고, 구해주기도 하겠지만 난 내가 살 집을 혼자 알아봤다.

그리고 난 여의도에서 다리 하나만 건너면 갈 수 있는 마포에 나의 자취 시작 첫 집을 얻었다. 대문이 있고 안에 작은 정원과 단독 주택으로 이루어진 집이다. 2층과 3층에는 주인이 살고 1층에 세를 놓아 안전하다고 판단했던 집이었다. 방 한 칸만 얻는 것도 기분이 너무 좋았다.

이제 진짜 나의 독립이 시작된 것이다. 온전히 나만의 공간을 가질 수 있다는 것이 좋다. 내 것으로 가득한 공간.

그런데 하루 이틀이 지나면서 혼자 산다는 건 만만치 않은 일이란 걸 알게 된다. 아무 옵션도 없는 집이었기에 가전제품부터 필요한 생활용품을 내 힘으로 장만해야 했다.

무엇보다 이제껏 느낄 수 없었던 '외로움'이라는 감정이 스멀스멀 올라오기 시작했다. 짐도 별로 없는 빈 방에 덩그러니 앉아 있는데, 바다 위에 홀로 표류해 있는 배 같았다. 혼자 살아가야 한다는 감정의 무게가 갑자기 나를 짓누르는 느낌이었다. 어렸을 때부터 많은 가족 수로 인해 불편함은 느껴도 외로움은 느끼지 않았는데, 혼자 살면서 느끼는 외로움은 차원이 달랐다. 하지만 난 거기서 질 수 없었다. 마음을 다잡아야 했다.

'그래, 이제 진짜 나의 진정한 독립이 시작된 거야. 독립이란 건 혼자 산다고 이루어지는 건 아니야! 감정에서도 홀로 설 수 있어야 하는 거야.'

Do you know HBC?

사람마다 삶 속에서 중요하다고 생각하는 부분, 좋아하는 것들은 모두 다르다. 날씨를 예로 든다면 맑은 날씨를 좋아하는 사람이 있고, 반대로 비가 오는 것을 좋아하는 사람이 있다. 집을 구할 때도 마찬가지다. 해를 중요시하는 사람이 있고, 어두운 것을 좋아하는 사람이 있다. 자신이 좋아하는 것들, 추구하는 것들을 알면 좀 더 명확한 인생을 살 수 있지 않을까 한다.

나는 일단 환기가 중요한 사람이다. 뭐든 활짝 열어놓는 것을 좋아하고, 폐쇄적인 공간에서 오래 있지 못한다. 그래서 약간의 안전 불감증이 있을 수도 있다. 가방도 항상 활짝 열어놓고 다 꺼내 놓았다가 다시 담는 스타일이다. 고등학생 때 독서실을 다녔을 때 독서실에서 가방에 있는 모든 것을 꺼내놨다가 당시 유행했던 가방을 도둑맞았던 적이 있을 정도이다. 그래도 난 뭐든 활짝 열어 놓는 것이 좋다. 그렇다고 처음부터 마음을 활짝 열지는 못하는 것 같다.

평소 아침에 일어나서 내가 제일 먼저 하는 일은 창문을 여는 일이다. 날씨를 체크하며 하늘을 바라본다. 하루를 시작하는 나만의 의식인 것이다. 내가 첫 독립을 한 곳은 1층이었지만 정원이 있고 대문이 있는 집이어서 문을 열어놓아도 안전한 곳이었다. 그래서 매일 창문과 문을 활짝 열어 놓고 살았다. 방은 넓지 않았지만 그냥 독립적인 나의 공간이 있다는 것만으로도 충분히 만족하던 시절이었다.

그런데 문제는 이제부터 시작된다. 어느 날부터 모르는 사람들이 왔다 갔다 하더니 '뚝딱뚝딱' 하면서 뭔가를 만들기 위한 공사를 시작한다. 2층에 뭔가를 설치하는 것이었는데 어느 날부터인가 창문으로 환하게 들어오던 햇빛이 자취를 감추기 시작했다. 그리고 나의 마음은 점점 우울해졌다. 그로 인해 감정이 소용돌이치는 것 보면 나는 날씨, 햇빛 이런 것들에 민감하게 반응하는 사람인가 보다.

불편함이 느껴지면 나에게 편한 것을 본능적으로 찾게 된다. 어느 곳을 갔을 때 안정감을 느끼고 오래 있을 수 있는 것은 그 분위기 등의 모든 것이 자신과 맞아서이고 익숙해서일 것이다. 하지만 신발 속의 모래 한 알이 들어가면 계속 신경 쓰이듯이 아주 작은 것이 계속 신경을 건드릴 때가 있다. 누군가는 햇빛 그거 아주 작은 것이라고 말할 수 있지만 나에게는 그 작은 것이 아주 큰 것이었다.

또한 불편함은 행동을 하게 만드는 동기가 되기도 한다. 더 이상 햇빛이 들지 않는 방에서 난 계속 있을 필요를 느끼지 못했다. 그래서 이사를 하기 위해 집을 알아보기 시작했다. 선택에 있어 시간이 걸려도, 선택을 하면 행동은 바로 옮기는 사람이 바로 나다.

부모님을 배려해서 처음 집을 구할 때 보증금을 작게 시작했던 나는 잠시잠깐 후회했다. 내가 가진 보증금으로 이사를 갈 수 있는 곳이 많지 않았기 때문이다. 그래서 첫 시작이 중요하다는 말이 나오나보다.

그래도 포기할 내가 아니다. 계속해서 인터넷 검색으로 집을 찾은 끝에 살고 있던 집의 보증금과 같은 금액에 이사를 갈 수 있는 집을 찾았고, 난 집을 보자마자 나는 앞뒤 따지지 않고 바로 계약에 들어갔다. 그땐 오직 햇빛에만 꽂혀 있었기 때문에 햇빛만 환하게 들어오면 만사 오케이였다.

자매가 살고 있었는데 언니가 결혼을 하게 돼서 이 집을 떠난다고 했다. 결혼을 해서 떠난다는 건 축복받아 마땅한 거니까! 오히려 그 말에 이 집에 들어와야 하는 당위성이 더 생기는 거 같다. 나도 여기서 잘 있다가 결혼해서 잘 나가야지 하는 희망을 품게 된다는 거다. 그리고 내가 살고 있던 마포에서도 그리 멀지 않은 거리였다. 그리고 지도상으로 봤을 때 서울의 한 중간이었다.

선택에 있어서 많은 생각을 하면서 이것저것 다 따지는 듯이 보여도 결국 이성보다는 감정이 맞아 떨어져서 선택하는 경우가 많다. 객관적인 조건이 괜찮아 보여도 마음에 오는 한방이 없어 이 사람을 만날지 말지 계속 망설이게 되는 것처럼 말이다. 하지만 너무 그 한방에 모든 것을 걸 때 뒤에 치러야 할 일들이 배로 많아질 수 있음을 주의해야 한다. 언제나 초 긍정의 자세로 모든 경험을 웰컴 하며 받아들이겠다면 또 모르겠지만.

그땐 너무 어릴 때였다. 좋으면 좋은 대로, 싫으면 싫은 대로 얼굴에 다 드러나는 성격이기도 했지만, 그 때는 협상이란 것도 할 줄 몰랐다. 밀당을 좀 했어도 됐는데, 나는 그 자리에서 계약을 하겠다고 하고 더불어 그 사람이 쓰던 가구들을 돈을 주고 넘겨받기로 한다. 난 가구들을 인수하고 나서야 그들이 돈을 주고 처리해야 할 것들을 오히려 내가 돈을 주고 처리해줬구나 하고 깨달았다. 그러니 아무리 자신이 급하더라도 급하다는 것을 들키면 안 된다. 언제나 여유 있는 자세를 유지해야 한다. 그래야 자신이 유리한 패를 가져갈 수 있다.

나만의 첫 공간에 대한 애착이 사라지고 이사를 가야겠다고 마음먹은 순간부터 집을 알아보고, 또 내가 살던 곳에 누군가 오기까지 한 치의 오차도 없이 속전속결로 이루어졌다. 이럴 땐 모든 것이 나를 위해 준비해 놓은 판이라고 생각해도 좋다. 이사를 할 때도 큰 짐이 없었기 때문에 순조롭게 이사가 진행되었다. 그리고 난 용산2가동이라고 주소가 찍히는 곳에 나의 두 번째 터전을 잡았다.

나는 낯선 곳에 여행을 가도 그곳의 랜드마크를 보기 위해 가는 목적 달성형이 아닌 그저 지금 그 장소에서 살아가는 사람들처럼 일상을 느껴보려 하는 편이다. 지도는 필요하지만 어떤 장소를 찾기 위함이 아니요. 내가 어디 있는지 위치를 알고자 함이고, 그저 발길 닿는 대로 걸어 다니면서 온몸의 감각의 활용하여 나만의

지도를 만들려고 하는 편이다. 그렇게 하루는 집에서 나와서 발길 닿는 대로 돌아보기로 했다.

서울 중심부에 있지만 서울 같지 않은 서울이었다. 도시 구획이 딱딱 잘 되어 있고 높은 빌딩이 있는 곳도 아니고, 심지어 높은 언덕이 있는 구불구불한 길이 주를 이뤘다. 이곳이 사람들이 흔히 말하는 서울의 달동네일까 할 정도의 집들이 언덕 위에 빼곡히 있던 이 곳. 난 이 곳이 어떤 곳인지 몰랐다.

사방이 확 트여야 마음의 안정감을 느꼈던 나는 그 조건이 맞아 이곳에 왔고, 또 여기서 얼마나 살겠어 하는 마음으로 가볍게 왔다. 무엇보다 학창시절의 대부분을 명동에서 보냈던 나는 집에서 한 정거장만 가면 명동이란 사실에 더 친근한 느낌이었다.

사람들은 이곳을 해방촌이라 했다. 남산 자락 밑에 있는 해방촌은 이름이 주는 어감 그대로 해방 후에 해외에서 돌아온 사람들, 북쪽에서 월남한 사람들, 그리고 한국 전쟁으로 피난을 온 사람들이 정착하여 해방촌이라고 불리게 되었다고 한다. 이름을 듣고 어린 시절을 촌에서 보냈던 나는 촌을 피해서 왔는데 결국 내가 온 곳은 또 촌이구나 했다.

기존에 가지고 있었던 서울이란 이미지에서 조금은 아니 많이 비껴가 있는 이곳. 오래 전부터 이곳에서 뿌리를 내리고 산 어르신들과 세계 각지에서 온 젊은 외국인들이 공존하는 이 곳. 뭔지 모르게 이질감이 느껴지지만 또 조화를 이루고 있었다. 다분히 고지식한 한국적인 정서와 개방적인 외국인의 정서, 어울리지 않는 듯 그럭저럭 공존하고 있는 그 문화가 나를 사로잡기에는 많은 시간이 걸리지 않았다. 그곳의 공기가 나에게 편안함을 주었다.

서울 하늘 아래 독특한 문화를 가지고 있는 내가 운명처럼 와서 살게 된 이 곳, 한국인들에겐 해방촌, 외국인들에게 HBC라 불리는 곳이다.

식구가 생겼다

고등학교 3학년, 한참 수능 공부를 해야 할 때 난 인터넷 채팅에 빠져 있었다. 컴퓨터에 연결하면 모르는 누군가와 대화를 할 수 있다는 사실이 너무나도 재미있었고, 채팅을 하다가 밤을 새우는 일도 허다했다. 수능 직전에는 잠시 스톱했겠지만, 처음 서울에 와서 없었던 나는 적적한 마음을 달래기 위해 인터넷 채팅을 다시 시작했다.

그리고 나랑 대화를 하고 싶다는 한 여자친구를 알게 되었고, 우린 채팅을 하다가 종로에서 만났다. 지금도 생각하면 좀 웃기다. 채팅으로 남자 친구가 아닌 여자 친구를 만난다니 말이다.

그녀는 20대 때부터 자기 주관이 아주 뚜렷했고, 똑똑했다. 우유부단한 나와는 달라 닮고 싶은 친구였다. 20대 때 회사 생활을 하면서 남자도 많이 만났던 그녀는 지금은 독신으로 살겠다고 선포했다. 그녀의 합리적인 생각과 뚜렷한 주관이 항상 멋있다고 생각했다. 어떤 선택에 있어 주변 사람의 의견이 중요하게 작용을 하는 나와는 달리 그녀는 자기 안에 뚜렷한 주관을 가지고 살았기 때문이다.

그런 그녀에게 삶의 변화가 생겼다. 그녀의 '반려견'으로 인해서.

20대 중반에 여행 중에서도 난코스라는 인도 여행을 그녀와 단둘이 두 달 동안 다녀왔다. 그 정도로 여행도 좋아하고, 문화적인 감성도 맞아 공연 예술 등의 취미도 가지고 있었는데, 최근 그녀는 은별이 때문에 여행을 못 간다고 했다.

"여자가 남자에게서 받고 싶은 건 딱 두 가지야. 나를 사랑해 주는 것과 나를 지켜 주는 것. 그런데 그 둘을 다 해 준다니까. 그것도 속 썩이지 않고 배신하지도 않아."

우리가 남자한테 기대하는 그것들을 모두 은별이가 해 준다고 했다. 모든 삶이 은별이한테 맞춰져 있는 것 같았다. 그런데 소싯적의 그녀도 강아지를 좋아하지 않았다는 것쯤은 나도 안다. 무엇이 그녀를 그렇게 변하게 했을까.

사람의 천성이 과연 변할까에 대한 의문을 가지며 쉽게 변하지 않는다는 결론에 도달하곤 했었는데 사람은 서서히 변해간다는 것에 지금은 한 표를 던진다. 여자의 삶이 표면적으로 변하는 건 결혼이나 아이를 낳는 것이라고만 생각했었다. 그런데 어떤 한 사람이 했던 수많은 경험, 그 경험 속에서 느꼈던 감정들로 인해 한 번엔 바뀌지 않더라도 서서히 바뀌고 있음에는 부인할 수 없다.

나 또한 움직이는 생물은 사람밖에 없는 집에서 자란 탓에 반려동물과 함께 하는 삶은 내 인생에는 없을 거라 생각했다. 내가 유년 시절을 보냈던 시골에서는 동물을 키워도 밖에서 키우지 집 안에서는 키우지 않았다. 사람이 어떤 것에 친밀함을 느끼게 되는 순간은 익숙함 다음이 아닐까. 어쩌면 난 반려동물이 익숙하지 않아서 친밀하지 않았던 거다.

서울에 와서 친하게 지냈던 친구의 집에 강아지가

한 마리씩 있었다. 처음에는 친구들도 반려동물에 익숙하지 않은 나를 위해 강아지를 방 안에 잠깐 두고 문을 닫거나 어떤 공간에서 넘어오지 못하게 장애물을 만들어 주었다.

친구 집에 방문하는 일이 많아지면서 난 강아지와 눈을 맞추기 시작했다. 표정을 유심히 살펴보다가 친근함을 느끼기 시작했고, 쓰다듬기에 도전을 했다. 처음엔 어색했지만 그렇게 계속 시도하다가 강아지를 품에 안을 수 있게 되었다. '사람과의 관계에서도 낯가림을 하는데, 동물까지 낯가림을 하는구나.' 하는 생각이 들다가, 어느덧 강아지에게 정을 느끼고 있는 나를 발견했다.

그러던 어느 날, 두 마리의 강아지를 키우고 있는 친구가 동물병원에 갔다가 어쩌다 병원에 맡겨지게 된 강아지 사연을 듣는다. 눈도 동그랗고 아주 예쁘게 생긴 강아지였는데 주인을 찾는다는 광고를 붙여도 주인이 찾으러 오지 않는다고 했다. 그럼 유기견 보호소에 가야 하는데, 그곳에 가면 이 아이가 어떻게 될지 모른다는 것이었다.

친구네 집은 두 마리로 벅차서 데려올 수가 없어서 나한테 권유를 한 것이다. 그때 난 솔깃했다. 외로운 사람은 외로운 동물을 알아보는 법이다. '혹시 나도 모르잖아? 내가 모르는 또 다른 나의 모습을 발견하게 될 수도 있고. 내가 전생이 동물 조련사였을지도 모르는 일이잖아.' 생각하며 입양하기로 하고, 그렇게 한 번도 함께 살아본 적 없는 강아지란 존재와 동거를 시작하게 된다. 눈이 또렷해서 난 '또이'라는 이름을 붙여주었다.

해방촌엔 많은 사람들이 반려 동물과 산책하는 것을 볼 수 있다. 큰 개부터 작은 개까지 아주 다양한데, 가끔 개를 무서워하는 친구들이 해방촌에 놀러올 때면 그들을 보호해 주느라 바쁘다. 카페에 있다가도 사람들이 반려견과 함께 커피를 사려고 오면, 친구들은 자동적으로 의자 위로 올라간다. 그럼 주인들이 말한다. "우리 개 안 물어요." 그럼 친구는 이렇게 대답한다. "물어서 그런 게 아니라 그냥 무서워 한다구요." 나도 처음엔 익숙하지 않아서 무서워했지만, 지금은 친근하다. 그리고 계속 나한테 봐달라고 치대는 느낌이 나쁘지 않았다.

슬픔과 아픔이 느껴질 때는 더한 고통을 가하면 그 감정이 사그라질 수도 있다. 고통을 쾌감으로 승화시키려 노력하는 사람이 있는데, 그게 바로 나다. 뭔가에 도전했다가 실패를 하거나 우울하고 슬픈 날에 난 그 날에 미뤄왔던 일들을 한다. 예를 들어, 운전면허 시험에 떨어졌을 때 귀를 하나씩 뚫는다든지 하는 일들 말이다.

어느 날은 남자 친구와 헤어지고, 사랑니를 빼는 날로 정했다. 그것도 발렌타인 데이에. 겉으로 보이지 않아 표시는 안 나지만, 잇몸 안쪽 깊숙이 박혀 있는 사랑니를 난 그 날 뽑았다. 종합병원에 가서 뽑아야 할 정도로 뽑기 힘든 이였는데, 해방촌 오거리에 있는 치과에서 1시간 동안의 고생 끝에 뽑아 주셨다. 이 글을 빌어 다시 한 번 원장님께 감사의 말씀을 전한다.

사랑니를 뺀 후, 마취가 서서히 풀리면서 스멀스멀 올라오는 고통의 쾌감을 느껴갔다고 말하고 싶지만… 고통만 있을 뿐이었다. 거기에 이별의 슬픔까지 올라와 내 처지가 처량해졌다.

난 집에서 너무 아파서 꺽꺽 울기 시작했다. 그때 또이가 내 품으로 파고 들더니, 나에게 뭐라 말을 했다. 그것만으로 위로가 되었다. 나의 모든 고통을 안다는 듯 자신이 할 수 있는 온갖 표현을 다하는 또이를 보면서 사람들이 왜 반려동물에 게 의지하는지 알 수 있었다.

누군가와 함께 살면 그에 맞게 생활 패턴을 좀 바꿔

야 하는 것인데, 난 늘 바빴고 집에 늦게 들어왔다. 집에 오면 혼자 외로워하다 이것저것 망가뜨린 또이의 흔적을 보는 일들이 많아졌다. 그렇게 한 달이 지나고, 난 또이의 건강을 위해 내가 데리고 있는 건 아니라는 결론을 내렸다. 나를 위해서가 아닌 온전히 또이를 위한 선택이었다. 내가 그때만 해도 너무 공사가 다망한 사람이었기 때문이다. 그렇게 우리는 이별을 했다.

가끔 궁금하다. 소파에 앉아서 날 바라보던 또이가 생각이 난다. 만약 내가 그때가 아닌 지금 강아지를 입양하기로 결정했다면 지금쯤 나도 죽고 못 사는 그런 가족이 되어 있을 수도 있을 것 같다.

살
다

Language Exchange

자신의 어린 시절을 떠올렸을 때, 한 컷의 장면이 생각난다면 어떤 장면일까? 난 내 방에서 바라본 바깥 풍경이다.

군인 아파트 1층에서 살았던 나는 창문 밖을 보면 산과 들을 볼 수 있었다. 지금 창밖으로 이런 풍경을 본다면 행복을 느끼지만, 그때는 지루하고 고루한 풍경으로 느껴졌다.

화려한 네온사인이 즐비한 곳은 시골 소녀에게 로 망이었다. 그런 곳을 상상하다가 왜 미국이란 나라가 떠올랐는지 모르겠다. 그리고 미국 사람들이 쓰는 언어가 그렇게 멋져 보일 수 없었다.

지금은 초등학교 3학년 때 학교에서 영어를 배우기 시작하지만, 내가 학교 따닐 때만 해도 영어를 본격적으로 배운 건 중학교 1학년 때였다. 영어를 잘 하고 싶어 학원을 다니고 싶었지만 난 엄마한테 말하지 못했다.

결핍은 성장의 원동력이 되기도 한다. 만약 어렸을 때부터 학원에 다녔다면 난 어느 순간 영어를 쳐다보지도 않았을지 모른다. 어렸을 때부터 영어를 잘 하고 싶었던 마음이 있었던 나는 내 힘으로 선택할 수 있는 성인이 되면서 영어 학원을 기웃거리기 시작했다. 영어 점수가 크게 필요하지 않은 예술 대학생이었는데 말이다.

그리고 난 23살에 유럽 배낭여행을 통해 다시 한 번 영어 공부의 필요성을 절실하게 느낀다. 또 25살 때 친구와 갔던 인도 배낭여행에서 친구로부터 영어에 대한 자극을 받는다. 그때까지만 해도 난 영어를 잘하지 못했다. 교과서에 나온 그대로 천천히, 또박또박 말하는 수준이었다. 그런데 인도 여행을 같이했던 친구는 어학연수를 다녀온 적도 없는데, 다른 사람들과 영어로 대화가 가능했고 발음도 좋았다. 반려견 은별이와 함께 살고 있는 그녀는 지금 번역가로 활동 중이다.

내가 유럽과 인도 여행을 다녀왔던 20대 중반의 그때만 해도 해방촌에는 슈퍼, 치킨 집, 펍(Pub) 하나가 있던 정도였다. 그래서 난 해방촌보다 번화한 숙대 입구, 종로에서 더 많은 시간을 보냈다.

그런데 어느 순간 해방촌에도 작은 카페들이 생겨나기 시작했다. 외국인들이 많이 사는 동네였기 때문에 카페에 가면 간간이 동네 마실 나온 외국인들을 볼 수 있다. 반려견을 데리고 나와 산책을 시키기도 하고, 혼자 카페에 와서 시간을 보내는 사람들을 보면서 난 자유로운 기분이 들었다. 일상이 아닌 여행지에 있는 것 같은 느낌을 가지면서 난 카페에 가서 시간을 보내는 횟수를 늘려갔다.

카페에 앉아 있다 보면 동네 사람들을 구경할 수 있었다. 지나가다가 본 사람들도 있고, 처음 보는 사람들도 있고 그렇게 오랫동안 한 장소에 있다 보면 서로 한 마디를 나누지 않았을지라도 낯익은 얼굴들이 생긴다.

때로는 그 사람들의 삶의 변화를 보기도 한다. 혼자 걸어 다녔던 사람이 어느 순간 아이와 함께 간다든지 하는 등의 변화를 남몰래 지켜보곤 했다. 혹시 날 지켜본 사람도 있지 않았을까? 뭐 아니면 말고.

계속해서 카페에 드나들다 보니 자연스럽게 사장님과도 친해졌다. 동네에 무슨 일이 일어나고 있는지 듣게 되고, 다른 사람 이야기는 덤이다.

깨끗했던 카페 게시판이 어느 날부터 온갖 소식지로 가득 찬다. 당시만 해도 스마트폰이 대중화되어 있지 않을 때라 카페의 게시판은 동네 벼룩시장과도 같은 역할을 했다. 이사 가는 사람이 가구를 처분할 때 무엇을 판다고 올리기도 하고, 요가 클래스 강습을 홍보하기도 한다. 그리고 세계 여러 나라에서 온 사람들이 사는 동네답게 언어 강습을 하는 사람도 많았다.

그중에서 내 눈길을 사로잡았던 Language Exchange! 언어를 맞교환하는 것이다. 한국어를 배우고 싶은 외국인에게 난 한국어를 가르쳐 주고, 난 그 사람에게 영어를 배우면 되는 것이다. 맞교환이기 때문에 돈을 낼 필요도 없다.

당시 유행했던 문어발 연락처를 뜯어 난 문자로 연락을 했다. 이것도 참 용기가 필요한 일이란 걸 알았다. 언어 교환을 한다고 써 붙였던 친구는 영국에서 온 테디였고, 우리는 연락을 하고 바로 그 주에 약속을 잡고 만났다. 민머리를 가진 테디는 영국 특유의 발음으로 말을 했고, 당시 영국 발음에 익숙하지 않았던 나는 조금 무서움을 느꼈다. 또한 일대일로 외국인과 말하는 게 생소했기 때문이다. 지금 생각하니 이런 나도 참 귀엽게 느껴진다. 당시 중학교에서 원어민 교사로 아이들을 가르치던 테디는 만나면 만날수록 순수한 사람이었고 무엇보다 이 친구가 하는 한국어에서 처음에 가지고 있던 경계를 풀 수 있었던 것 같다. 지금은 테디 베어(Teddy Bear)같이 느껴지는 친구다.

언어 교환이란 이름으로 정기적으로 만났던 우리는 어느 순간 언어 교환이 아닌 그냥 친구로 만나고 있었다. 책을 덮게 된 건 언제부터인지 모른다. 가까이에 살았기 때문에 부담 없이 볼 수 있다는 건 동네 친구만이 가진 최고의 장점이고 매력이다. 아무래도 테디는 여기가 타지이다 보니 문제들이 있을 때 도움을 요청했고, 난 기꺼이 응했다. 그리고 내가 영국에 장기 체류를 한다고 했을 때 해방촌에서 고기를 사주고, 꽃을 사주며 잘 다녀오라고 했다. 내가 기억하는 테디는 술은 마시지 않았고, 탄산수만 마시는 사람이었고, 항상 다이어트 중이었다.

그리고 내가 영국에 있을 때 테디는 아버지의 칠순 잔치를 위해 영국에 왔고, 난 칠순 잔치에 초대를 받았다. 테디의 집은 노팅엄(Nottingham)이었고, 런던

(London)에서 버스로 3시간 정도 가면 되는 곳이었다. 난 날짜를 맞춰서 난 노팅엄이란 곳에 갔고, 동네의 마을 회관 격의 장소에서 사람들이 모여 있는 파티에 참석을 했다. 테디의 아버지는 아일랜드 출신이었기 때문에 아일랜드 방식의 칠순 잔치가 이루어졌다. 우선 술은 기네스가 주를 이루었고, 사람들이 동그랗게 모여 아일랜드 민속 음악에 맞춰 돌아가면서 춤을 추었다. 그들에게 한국에서 온 나의 존재는 신기함 그 자체였다. 난 잠시나마 독보적인 존재가 되었다. 모두가 친절해서 기분이 참 좋았던 파티였다.

테디와는 그 이후 해방촌에서 다시 재회를 했다. 해방촌에 있는 외국인들이 많이 빠지던 어느 해 그즈음에 테디는 오래 살던 해방촌을 떠났다. 그리곤 종로로 이사로 가서 지금까지 그곳에서 살고 있다. 그 사이 테디의 직업 또한 바뀌었다. 그러고 보면, 사람의 인연이란 것 참 재미있단 생각이 든다.

빈집

"내가 어떤 능력을 가지고 있는 줄 알아?"

"무슨 능력?"

"남자들이 나를 여자로 보지 못하도록 하는 능력. 다 친구로 만들어 버리는 거지."

남사친을 만나고 있다고 하면 조심하라고 항상 주의를 주는 친구가 있다. 그럴 때마다 난 내가 가진 능력에 대해 친구에게 어필한다. 이런 게 뭐 능력이라고 말하는 사람이 있을지도 모르겠다. 하지만 이 능력은 이성 간에도 신뢰를 바탕으로 한 우정을 가능하게 만들어 준다.

남자와 여자의 관계에서 친구를 지속할 수 있느냐의 문제에 어렸을 때는 지속할 수 없다는 주장을 하곤 했다. 그건 분명히 한쪽에서 좋아하고 있는 마음이 있고, 다른 한쪽은 아닌 경우일 거라 생각했다. 이성 간에는 언제든 발전 가능성이 있다는 것이 전제가 되어야 친구라는 관계도 성립될 수 있는 게 아닐까 하는 것이었다.

　　지금은? 남녀 간에 우정은 가능할 수 있다는 결론에 도달한다. 서로가 남녀로 보지 않을 때, 하지만 서로가 좋은 사람이라고 느낄 때 말이다.

　　나이가 들면서 사람을 보는 안목은 넓게 생기지만, 가까이 품는 사람은 좁아지는 것 같다. 예전엔 넓고 얕은 인간관계를 맺었다면, 지금의 난 좁고 깊은 관계를 지향한다.

　　20대의 나는 얇고 넓은 인간관계를 위해 에너지를 많이 쓰고 다녔다. 나의 이십년 지기 친구는 그때의 내가 안정감이 없다고 했다. 항상 하루에 약속이 3~4개 있을 정도로 바빴다고 했다.

　　난 낯을 가리는 성격이기도 하지만, 또 어느 때는 낯선 사람과 스스럼없이 친구가 되기도 한다. 상황과 분위기에 따라 아주 달라진다고 할 수 있을까?

해방촌에서 볼 수 있는 일반적인 문화 중 하나는 길거리에서 서서 맥주를 마시며 이야기를 나누는 것이다. 날씨 좋은 날에 맥주 한 잔을 들고 삼삼오오 모여 술을 마시며 큰 소리로 떠들고 있는 외국인들을 보고 있으면 남자들도 참 수다스럽다는 생각이 든다.

그날도 날이 좋아 외국인들이 길거리 스탠딩 펍으로 대거 출동했다. 일을 마치고 집으로 돌아오는 길에 난 그 사람들을 구경했다. 오늘은 또 어떤 특이한 복장을 한 사람이 내 눈을 즐겁게 해 줄까 생각하면서 두리번거렸다.

그때 나에게 누군가가 말을 걸었다. 또렷또렷한 한국어로 말이다. 그런데 내 앞에는 키가 큰 외국인이 서 있다. 지금은 한류 영향이라고 할까, 한국어를 잘하는 외국인들이 TV에도 나오고 많이 있지만 그 당시만 해도 한국어를 하는 외국인은 거의 찾아볼 수 없었다. 또렷이 들려오는 발음에 호기심이 생겨 난 질문에 대답을 했다. 그리고 가던 길을 멈추고 그와 함께 이야기를 나눴다.

이름이 뭐냐고 묻는데 그 친구의 이름은 기린이라고 했다. "목이 길어 슬픈 짐승인가."하고 농담 삼아 말을 했는데 그는 맞다고 했다. 자기가 기린을 닮아서 이름이 기린이라고. 가만 보니 어딘가 모르게 기린과 닮은 것도 같았다.

기린은 해방촌 '빈집'이란 곳에 살고 있었다. 어느 날 기린은 날 빈집에 초대를 했다. 빈집에는 다양한 국적을 가진 사람들이 모여 살고 있었다. 주거 공동체 공간이라 했다. 그곳에 살고 있는 사람들은 분담금을 나눠 내면서 함께 생활하는 지금의 셰어하우스와도 같은 개념이었다. 기린과 함께 살고 있는 제프란 친구는 환경 보호에 앞장서는 환경 운동가였고, 모두 더 나은 삶을 위해 노력하는 사람들처럼 보였다. 빈집이 활성화되면서 마을 공동체의 구심점 역할을 하는 카페와 모임 공간이 문을 열었다.

빈집에서 많은 친구들을 만났다. 빈집에 모인 친구들의 대부분은 나누는 삶에 관심이 많은 사람들이었다. 무엇보다 그곳에 있는 사람들은 개성이 강해 보였다. 그곳에서 스페인어도 배웠다. 모든 것은 재능기부 형태로 이루어졌고, 서로 마음이 맞아서 각자 가지고 있는 재능을 나누는 것이었다. 뜻이 맞는 다양한 사람들이 한 공간에 모여서 더 나은 세상은 못 만들어도, 지금 있는 곳에서의 더 나은 삶을 만들어 보겠다는 결연한 의지가 보였다. 생각해 보면 참 건강한 공동체였다는 생각이 든다.

기린과 제프는 어느 날 해방촌을 떠났고, 빈집에서
만났던 언니도 이 지역을 떠나 다른 곳으로 갔다. 한동
안 빈집 식구들과 시간을 많이 보내던 나는 많이 허전
했다. 그 후, 빈집 카페는 해방촌 오거리로 자리를 옮겼
다가 지금은 사라진 것을 보았다. 빈집도 젠트리피케이
션의 피해자가 된 건가.

난 해방촌의 소식에 대해 인터넷 기사로 접했다. 뿌
리내렸던 마을 공동체는 와해되었다고 하는 기사. 해
방촌에 살던 사람들이 떠나고 있다는 기사. 해방촌 주
민들이 흩어지는 이유는 '돈' 때문이란 기사였다. 발전
이 되는 건 좋지만 정겨운 추억은 없어지는 것 같아 씁
쓸하다. 누구는 해방촌이 '온갖 것들'이 모여 독특한
분위기를 연출한다고도 했다. 더 좋은 것들로 바뀌긴
하겠지만, 예전의 해방촌의 매력이 사라지고 있는 것
같아 아쉽다.

오랫동안 이곳에 살았던 나는 갑작스러운 변화에
불편함을 느끼기도 했다. 하지만 어느새 또 그런 분위
기에 익숙해지고 있었다.

리바운드

사랑을 하고 싶어 눈에 불을 켜고 대상을 찾을 때는 보이지 않다가, 올 때는 한꺼번에 와서 고민을 해봤던 경험이 다들 있을 것이다. 어렸을 때는 좋은 사람을 알아보는 눈이 없어, 내 감정을 짜릿하게 해주는 남자를 선택해서 사귀었다가 진짜 좋은 사람을 놓친 경험도 해봤을 것이다.

불량식품 선호하다가 몸에 좋은 건강식을 놓치고 지금도 후회하고 있는 1인이 여기 있다는 사실! 그래도 불량식품 좋아하는 습성은 못 고치나 보다. 그 습성을 고쳤더라면, 바에서 이렇게 전 남자 친구의 인사를 받는 일도 없었으리라.

그와는 쩌멜리와 저녁식사를 하러 나간 레스토랑에서 만났다. 쩌멜리는 유년 시절에 살던 군인 아파트 앞집에 살았던 내 오랜 친구다. 어렸을 때는 친하지 않다가 20대 중반 무렵부터 우연히 버스에서 만나고 연락처를 주고받으면서 베프가 되었다. 쩌멜리와는 삶에서 추구하는 바가 비슷했다. 여행도 좋아하고, 새로운 만남도 좋아하고. 당시 내가 인도 여행을 준비하고 있었을 때 쩌멜리는 이미 인도 여행을 다녀왔던 터라 우린 급속도로 친해졌다.

아, 여기서 이름에 대한 이야기를 하자면 2005년 인도 여행 이후 난 인도의 매력에 푹 빠져 인도 성애자가 된다. 남들이 영어 이름을 쓸 때 난 뿌스빠(Pushpa : 대중적인 꽃 이름)란 이름으로 살게 된다. 우리나라로 따지면 뿌스빠는 미숙, 미정이처럼 그냥 대중적인 여자 이름인 거다. 그리고 내 친구에게 난 쩌멜리라는 이름을 지어 준다. 그래서 우린 뿌스빠와 쩌멜리가 되고 주말만 되면 지방에 사는 쩌멜리가 올라와서 해방촌 일대에 마실을 나간다.

그날은 쩌멜리와 함께 저녁과 술을 한 번에 해결할 수 있는 곳을 찾아갔다. 이태원에 위치한 올드한 외국 감성이 있는 펍이었다. 당시만 해도 쩌멜리와 내가 함께 있으면 말을 걸어오는 사람들이 많았다. 지금은 그렇지 않다는 이야기기도 하다. 특히 외국인들이 말을 걸어왔는데, 나 때문에는 아닌 거 같고 쩌멜리 때문인 거 같았다. 쩌멜리는 좀 섹시미가 있다.

우린 창가 쪽에 자리를 잡았고, 식사를 하고 있는데 사람들이 우르르 몰려와 예약석이라고 써져 있는 자리에 앉는다. 쩌멜리는 말한다. "야, 텔레비전에서 본 코미디언이야. 외국인 코미디언." 난 누구인지 몰랐다. 그리고 난 당시 방송 작가로 일하고 있었기 때문에 텔레비전에 나온 누군가를 실제로 보는 것이 호들갑 떨 만한 일은 아니었다. 요즘 아이들로 큰 주가를 올리고 있는 호주 출신 코미디언 그분 맞다. 한국에 사는 호주 친구들의 모임인 것 같았다.

그런데 잠시 후, 그 무리에 있던 남자 한 명이 우리 쪽으로 와서 말을 건다. 잘생긴 외모인데, 영어가 아닌 한국어로 말을 한다. 호감이 급상승한다. 여자 둘의 수다도 어느새 동이 나 있었고, 새로운 자극은 언제나 환영하기에 우리는 그들과 대화를 했다. 그리고 아주 자연스럽게 자리를 옮겨 합석하게 되었다.

악센트 강한 호주 남자들 사이긴 했지만 그래서 더욱 우리가 특별하게 느껴졌다. 그리고 내 옆엔 아까 합석을 제안했던 남자가 앉아서 계속 나에 대해 말을 걸고 있었다. 얼마 전 여자 친구와 헤어졌다는 얘기에서부터 시작해 아주 자연스럽게 친해지고 우리는 그 무리와 함께 2차까지 함께 했다.

그 이후 루크란 이름을 가진 그 남자는 나에게 계속해서 연락을 해 왔다. 외국인을 남자 친구로 만난 적이 없었기 때문에 그의 그 모든 행동이 신선하게 다가왔다. 여느 한국 사람들처럼 밀당이란 것도 없고, 계산하는 느낌도 안 들고 (언어의 차이일 수도 있겠다. 외국인이 한국어를 하는 거 자체가 그냥 먹고 들어가는 부분이니까.) 무엇보다 항상 솔직하게 자기감정을 전달하는 부분에 있어서 점점 마음을 샀던 것 같다. 솔직히 처음부터 이렇게 친근하게 대하는 사람은 어느 정도 경계하는 나였지만, 이상하게 이 남자에게만은 나도 모르게 마음이 가고 있었다. 그는 그렇게 갑작스레 내 삶에 들어와 마음을 몽글몽글하게 적시기에 충분했다. 그리고 연애를 시작했다.

그리고 얼마 지나지 않아 쩌멜리는 루크랑 가장 친한 친구와 연애를 시작했다. 이 남자들의 한국어 필살기는 "개미 똥구멍"이란 말이었다. 외국인 입으로 개미 똥구멍이란 말을 읊어대며 한국 사람들도 잘 안 쓰는 생소한 단어들을 쓰면 호감이 급상승할 수밖에 없다. 그는 라디오 진행자였고, 또 기타 연주자이기도 했다. 루크 또한 재즈 기타리스트였고 그 둘은 밴드를 하면서 가끔 재즈 바에서 공연을 했다. 아마 관심 분야가 비슷하고, 공감대를 형성할 수 있는 분야에 몸담고 있던 친구들이라 더 금방 친해질 수 있었나 보다.

난생처음 해보는 외국인과의 교제, 그리고 친한 친구와의 더블데이트. 이보다 더 재미있을 순 없었다. 하지만 기분이 최고조를 달할 때는 항상 조심해야 하는 법이다. 브레이크 없이 달리는 자동차처럼 질주하는 내 마음의 속도를 난 제어하지 못했다. 그게 제일 큰 문제였다. 상대방이 어떤 행동을 하든지 내가 주도권을 가지고 있어야 하는 것이거늘 난 이미 주도권을 빼앗겨버렸다. 그리고 한 달 여 간의 찐한 연애에 종지부를 찍을 사건이 생기니, 바로 그의 전 여자 친구의 계속되는 구애였다.

그날도 우린 개미 똥구멍네 집에서 쩌멜리와 함께 저녁 식사를 하고 게임을 하면서 아주 즐거운 시간을 보냈다. 개미 똥구멍네 집은 후암동에 있었기 때문에 우리 집과 가까웠다. 집은 넓은 편이었지만 난 두세 시간을 자도 남의 집보다는 내 집에서 자는 게 편했기에

몰래 빠져나와 집으로 왔다.

다음 날, 시간마다 연락하던 루크가 반나절 동안 연락이 없었다. 그리고 그 날 저녁, 루크에게 연락이 와서 우린 만났다. 루크는 연락 안 된 그 사이에 전 여자 친구를 만나고 왔다고 했다. 계속 연락이 와서 한 번은 만나야 했다고 솔직하게 말하는 그! 그런데 어떻게 해야 할지 모르겠다는 말까지 덧붙인다. 뭐 여기까지 상황만 보면 난 쿨하게 "안녕! 그동안 즐거웠어." 하고 그를 떠나면 될 일인데, 이미 나의 마음은 그에게 많이 가 있었다.

이때 난 알았다. 한창 좋을 때 헤어지는 것은 정말 힘든 일이라는 것을. 기간을 떠나 어떤 이별이든 다 힘들겠지만, 굳이 논한다고 하면 오랫동안 사귀었던 연인보다 짧게 만났던 연인의 이별이 더 힘들지 않을까 한다. 오랜 시간을 만나다보면 희로애락을 다 겪으면서 그 사람에 대해 많은 것을 알고 있는 상태. 장점이나 단점을 다 알기에 어느 정도 이성적인 사고가 작동한다.

하지만 짧은 만남은 장점만 보고 있고, 이성보다는 감정적으로 충만한 상태. 마치 팽팽한 풍선과도 같다고나 할까. 그 풍선을 바늘로 찔린 기분이었다. 그 어떤 마음의 대비도 할 시간도 없이, 갑자기 받은 충격을 고스란히 느끼며 소멸시켜야 한다. 그런데 그 과정이 참 지랄 맞다는 거다.

난 그 이후, 모든 감정의 지랄을 쩌멜리에게 쏟아 부었다. 내가 이별을 한 이후에도 쩌멜리는 개미 똥구멍과 얼마간의 만남을 이어나갔다. 그리고 난 계속해서 루크에 대해 쩌멜리한테 묻고 있었다. 계속되는 질문에 쩌멜리와 잠시 잠깐 의절할 뻔한 순간도 있었다. 나의 지랄은 쩌멜리와 개미 똥구멍과의 연애가 끝나면서 자연스럽게 멈췄다. 그리고 시간이 지나면서 우리는 언제 그런 일이 있었냐는 듯 본연의 쩌멜리와 뿌스빠로 돌아와 예전과 같은 날들을 이어갔다.

루크와 한참 잘 만나고 있을 때 그가 연주하는 밴드 공연이 있다고 해서 한 번 갔던 적이 있다. 그때 멤버들에게 루크가 나를 여자 친구라고 소개를 했는데 옆에 있던 개미 똥구멍이 그들에게 한 말이 나에게 딱 와서 꽂혔다. 'Rebound'란 단어였다. 단어의 뜻은 확실하게 몰랐지만 뭔가 어감이 이상한 느낌은 안다. 언어를 몰라도 누군가 안 좋은 말을 할 때 그게 욕이라는 걸 알아채듯이.

rebound 란 단어의 뜻은 네이버 사전에 의하면

'(공 등이) 다시 튀어 오르다.'와 '남을 노리고 한 행동의 나쁜 결과가 자기에게로 되돌아오다.' 라고 쓰여 있었다. 하지만 이 단어가 연애 관계에서 쓰인다면, 이전 연인에게 감정이 남아 있는데도 불구하고 반발심이나 외로움 때문에 다른 이성을 만나는 것이라 했다. 인정하기는 싫지만 인정할 수밖에 없었다. 그래, 리바운드였던 것이다.

이렇게 누군가에게 순식간에 소용돌이처럼 빨려가듯 빠져본 경험을 통해서 나는 이제 다시는 만난 지 얼마 안 된 사람을 무작정 사랑해 버리는 그런 실수 따윈 하지 않는다고 자랑스럽게 말하고 싶지만…. 참 그건 단정할 수 없다. 불량식품이 몸에 안 좋은 걸 알고, 술을 마시지 않겠다고 다짐을 하지만 어느 순간 마시고 있는 나를 보면서….

때로는 어떤 말도 안 되는 것들이 화학반응을 일으킬 수 있다는 것도 이제는 좀 폭넓게 인정하게 된다.

P.S 그럼에도 불구하고 한 가지 분명한 사실은 처음부터 무작정 좋다고 들이대는 남자는 선수일 확률 200%니 무조건 조심할 것!

위기를 만나다

언제부터인지 나에게 편지가 오기 시작했다. 그것도 나랑 친하지 않은 법원에서. 집이 경매에 들어간다는 통지서였다. 사실 몇 년 전부터 편지가 왔고, 난 아래층에 사는 주인에게 편지에 대해 여쭤보았다. 주인은 다 해결했다고, 괜찮다고 했고 집에는 무슨 일이 생기지 않는다고 말했다.

난 불안하긴 했지만, 그 말을 철석같이 믿었다. 믿음은 그런데 쓰라고 있는 게 아닌데 말이다. 무엇보다 난 '나에게 무슨 일이 일어나겠어!'하는 근거 없는 낙관주의자이기도 했다. 현실주의자보다는 이상주의자였고, 미래에 대해 대비를 하기 보다는 현재 하고 싶은 일에 목숨을 거는 철부지 없는 청춘이었다.

이 집에 들어올 때만 해도 난 21살이었다. 부동산 등기부등본 따위 볼 줄 아는 눈은 전혀 없고, 가지고 있는 돈에 맞춰 그저 햇빛이 잘 든다는 이유 하나만으로 선택한 집이었다. 부동산을 통하지도 않고, 인터넷으로 찾아서 전 세입자에게 전세금을 주고 들어왔다. 그래도 등기부등본은 띄어 봐야 한다는 말은 어디서 들어서 띄어보긴 했는데 내가 뭘 알 수가 있나. 그런데 한 가지 분명한 건 등기부등본이 아주 지저분했다는 것이다. 그때 함께 일을 하던 프로덕션 피디님께서 이 집에 들어가면 안 된다고 말씀하시긴 했지만, 이미 나는 계약을 했고, 이사까지 마친 상황이었다.

그런데 우려하던 일이 터진 것이다. 매번 집에 대해 공매 통지서가 날아왔었는데 큰 금액이 아니었기에 걱정하지 않았다. 그리고 어쨌든 주인도 그때마다 잘 넘기신 것 같았고.

되풀이되는 습관이 무서운 것이다. 처음에는 의심이 되고, 걱정이 되어도 몇 번 정도 잘 넘기면 그땐 안심을 한다. 그런데 그 안심을 하는 순간 일이 터진다. 이건 사기를 치는 사람의 수법과도 통하지 않을까 한다. 몇 번 정도는 주변 사람들에게 신뢰를 준다. 그 신뢰를 이용해서 상대방이 믿고 있을 때 크게 한방 때리는 것이다.

내가 바로 그랬다. 괜찮겠지, 가만히 있으면 잘 해결되겠지 생각했던 그 마음에 펀치 한방 제대로 맞았다. 주인이 건물을 담보로 빌린 돈의 이자를 계속해서 내지 못해 집이 경매에 들어갔고, 곧 공판이 있을 거라 했다. 그때서야 정신이 번뜩 들었다. 보증금을 날리고 길거리로 나 앉게 된 것이다.

그전에 수도 없이 날아온 우편물들을 무시했던 결과였다. 위험에 처한 상황을 3자가 계속해서 알려준다. 하지만 정작 본인은 듣지 않고, 인지를 못한다. 자신에겐 아무 일도 일어나지 않을 거란 확신을 가지고 말이다. 정말 지금 생각하면 한 대 쳐서라도 말을 듣게 하고 싶다. 정신 차리고, 뭐든 준비하라고 말이다. 사태를 빨리 파악하고, 조금만 더 알아봤으면 되었을 일을 그게 귀찮아서 손 놓고 있었다가 모든 것을 잃게 된 상황이 된 것이다. 이런 경우에 세입자를 보호해줄 제도가 있어서 배당 신청이란 것을 하면 되는데 그 당시 난 아무것도 몰랐다.

공판이 있기 한 달 전 즈음에 난 그 사실을 알게 되고 그때서야 주변의 인맥을 총동원해서 방법을 알아보기 시작했다. 하지만 해결할 수 있는 방법이 없었다. 난 한 달 동안을 눈에 수도꼭지를 단 것처럼 눈물이 마르지 않는 시간들을 보냈다. 돈 한 푼 못 받고 그냥 쫓겨날 생각만 하니 암담했다.

드디어 법원의 공판이 있는 날, 전에 살던 집 근처에 있는 서부 지방 법원에 갔다. 인정에 호소를 해 봤지만 이미 떠나간 배에게 돌아오라고 소리치고 있는 격이었다. 조금만 주의를 기울였더라면 이렇게까지 하지 않았어도 되는데, 후회해봤자 소용없었다.

공판 후에 난 또 한 장의 편지를 받았다. 이쯤 되면 내 앞으로 오는 편지가 무서워진다. 부동산 인도 명령서였는데 기한을 줄 테니 집을 비워달라는, 자의적으로 나가지 않을 대는 강제로 짐을 뺄 수도 있다는 아주 무시무시한 내용이었다.

위기에 닥쳤을 때 나오는 내 모습이 진짜 내 모습이 아닐까 생각해 본다. 그 당시의 나는 매우 많이 쭈그러져 있었다. 만약 지금 그런 일을 당했더라면 조금은 여유 있는 모습으로 대처할 수 있었을까. 상상력은 그런 데 쓰라고 아는 것임에도 불구하고, 난 최악의 상상을 키워가며 아무것도 못하고 그저 슬퍼만 했다.

그때 더 나를 힘들게 했던 건 같이 살고 있던 친언

니의 반응이었다. 임용고시를 준비하기 위해 서울에 올라온 언니와 함께 살고 있었고, 언니는 이미 임용고시에 합격해서 학교에서 일하고 있는 상태였다. 어떤 방법이라도 찾아볼까 해서 백방으로 뛰고 있는 나에게 언니는 어떻게 해도 받을 수 없는 돈이라며 그냥 포기하는 게 최선이라고 했다. 아주 태평해 보이는 언니를 보며 난 화가 났고, 그 태도로 인하여 점점 깊은 골이 쌓여갔다.

사람과 사람 사이의 관계가 무너질 때 큰 걸로 무너지지 않는다. 아주 사소한 것들이 모이고 모여 거대한 폭풍을 만들어 내는 것이다. 언니가 임용에 합격하자마자 분리를 했었어야 했는데 서로의 신상에 변화가 자연스럽게 생기면 어떻게든 정리가 되겠지 하는 안일한 마음으로 여기까지 왔다. 난 그렇게 두 배의 상처를 받았고, 관계는 끝이 났다.

경매에 들어간 집을 누군가 샀다고 했다. 부동산 인도 명령서를 보고 어떻게 해야 하나 걱정하고 있는데 대리인이라는 사람한테서 연락이 왔다. 지방에서 아빠가 올라오셨고, 아빠와 함께 그분을 만나러 나갔다. 굉장히 무서울 줄 알았는데 생각보다 푸근한 아저씨의 모습에 한시름 마음을 놓고, 본격적으로 집에 대한 얘기가 오갔다. 보증금은 어쩔 수 없이 잃어야 했지만, 다행히 일부는 인정을 해 주었고 이사를 가지 않아도 된다고 했다. 그리고 잃은 부분에 대한 보증금을 더 주고 새 주인과 계약을 다시 하자는 것이었다. 최선의 방안이었고, 그렇게라도 배려해 준 집주인에게 감사했다.

이게 한 달 여 동안 식음을 전폐하며 우울의 극치를 달렸던 그 기간에 대한 결과이다. 그리고 이 결과가 내가 지금껏 해방촌에 살 수 있게 만들어 준 계기가 되기도 한다.

가끔 생각한다. 내가 만약에 경매 사건을 겪지 않았더라면 내가 해방촌에 계속 살고 있었을까? 가족들과 함께 산 시간보다 더 많은 시간을 해방촌에서 보낼 수 있었을까? 지금과는 또 다른 삶의 변화가 있었겠지?

그 순간에는 전부인 거 같은 문제도 지나고 나면 왜 그런 일이 있었는지, 전화위복이 될 수 있다는 사실을 깨닫는다.

그나저나 이번에는 미뤄왔던 부동산을 꼭 공부해야 할 텐데….

머
물
다

집 구하기

혈혈단신 서울에 올라와 혼자 살 기 시작할 때, 외로움을 많이 느꼈다. 그래서 공부를 하러 서울로 온다는 언니의 말에 좋았고, 살면서 의지가 되었던 건 사실이다. 꽤 오랫동안 우린 잘 지냈다. 그런데 경매사건 이후 난 언니가 불편해졌다.

어느 순간, '왜 내가 내 집에서 숨죽이면서 살아야하지?'라는 생각을 하게 됐다. 예를 들면, 친구랑 통화를 하는데 동거인을 배려해서 추운 겨울에도 밖에 나가서 받거나, 쓰레기를 버리는 건 언제나 나라는 것 등이다. 내가 당연하게 했던 모든 일들에 제동이 걸리고있었다.

언제부터인지 집에 가는 게 싫어졌다. 정확히는 동거인과 같은 공간에 있기가 싫어졌던 거다. 사실 언제부터 감정이 쌓였는지는 모르겠다. 하지만 어떤 지점에서 폭발했는지는 알 것 같다. 아마 하나의 사건으로 이렇게 된 것은 아닐 것이다. 그동안 조금씩 쌓여 있다가 한 번에 이렇게 터진 것이지.

그 이후, 난 친구네 집을 떠돌았다. 그렇게 지내다가 이건 아닌 거 같아 방법을 모색하기로 했다. '집을 나올까?', '잠깐 나와서 살 나의 공간이 없을까?' 생각하다가 셰어하우스를 생각해냈다. 그래, 나에게 필요한 건 방 한 칸이니, 그게 좋겠다. 재미있는 경험일 거 같았다. 그래서 본격적으로 집을 알아보기 시작했다.

먼저 네이버 카페에 있는 <피터팬의 좋은 방 구하기>와 외국인들이 많이 사용하는 <https://seoul.craigslist.org> 란 사이트를 활용했다. 이 기회에 외국인들과 살아보는 것도 나쁘지 않을 것 같았다. 무슨 일이든지 생각을 전환하면 그때부터 기회가 보이기 시작하나보다. 갑자기 우울했던 마음이 걷히고, 신나기 시작했다. 여러 집들을 찾아보다가 세 개의 목록이 만들어졌다.

1. 해방촌 언덕에 자리 잡은 햇빛 잘 드는 큰 방

집주인은 강아지를 키우고 있다고 했다. 강아지와 함께 살아본 경험이 있기에 괜찮을 거 같았다. 집은 언덕 위에 있는 2층 주택 집이었다. 바로 앞으로 미군 부대가 보였고 햇빛도 잘 들어왔다. 방도 꽤 크고 마음에 들었다. 하우스메이트는 나이 많은 여자 분이었고, 중요한 건 내 키의 반 정도 오는 반려견과 함께 살아야 한다는 것이었다. 털갈이 시즌에는 털이 엄청 날린다고 했다. 아! 괜찮을 줄 알았는데, 난 괜찮지 않았다. 방이 아쉽지만 패스!

2. 대문이 있는 단독주택 1층에 있는 작은 방

1번 집보다 올라가지 않는 언덕 중간 정도에 위치해 있었고, 앞에는 작은 도서관이 있어 조용했다. 방은 세 개였고 거실도 잘 사용하지 않는 듯했다. 집주인은 학생이었고 이태원 바에서 아르바이트를 해서 낮에는 집에 없다고 했다. 다른 방에는 자신과 같이 일을 하는 오빠가 살고 있다고 했다. 나쁘지 않았다.

3. 경리단에 위치한 지하 방

위 두 집은 네이버 카페에서 찾은 방이고, 이 집은 craigslist에서 찾았다. 방은 세 개였고 필리핀 여자 둘이서 살고 있었고 게스트 방을 내놓은 것이었다. 앞에 바로 공원이 있었다. 친구들은 아주 친절했으나 방도 작도 답답한 느낌이 들어 패스!

이렇게 정리해 보니 내가 제일 들어가고 싶었던 방은 2번인 것 같다. 그런데 갑자기 2번 방에 친구가 들어올 거 같다고 했다. 이렇게 되니 그 집이 더 아쉬워진다. 하지만 어쩔 수 없다. 난 다른 집을 알아봤다. 지금 내가 살고 있는 집 근처에 괜찮은 가격으로 나온 곳이 있었다. 여긴 셰어하우스가 아닌 아예 혼자 사는 집이었다. 이 집에서 가장 마음에 들었던 건 화장실 위 창문으로 하늘이 보인다는 점이었다. 그런데 여기에 들어오면 절대 가볍게 나와서 살 수 있는 수준이 안 되리라는 것을 인지했다.

집을 알아보면서 재미있기도 했지만, 반대로 힘들기도 했다. 내 마음에 딱 드는 집을 구한다는 것도 쉽지 않다는 것을 알았다. 하나가 만족이 되면, 다른 하나가

걸리는 게 있다. 그럴 때는 내가 제일 중요시하는 우선순위대로 결정하면 된다. 그리고 자꾸 생각이 나면서, 마음이 나도 모르게 기울고 있는 것을 발견할 것이다. 그게 바로 자신이 원하는 곳이 아닐까?

여러 가지 조건을 봤을 때 두 번째 집이 괜찮을 거 같았다. 하지만 우선순위에서 내가 밀려났으니 포기해야 한다. 다른 집을 더 알아봐야 하나? 그냥 살아야 하나? 생각하고 있을 무렵 두 번째 집에서 연락이 왔다.

들어오기로 한 친구가 오지 못하게 됐어요. 들어오실 수 있으세요?

올레! 간절히 원하던 직장에 면접을 봤는데, 예비 1번이었다가 합격 문자를 받은 것 같았다. 기분이 너무 좋았다. 그 제안에 두 번 생각할 이유도 없었다.

남자가 여자를 처음 만나서 첫눈에 빠지는 시간은 8.2초라고 한다. 그리고 만약 남자가 여자를 볼 때 4초 안에 시선이 다른 곳으로 가면 마음에 없다고 봐도 되는데….

집을 구할 때도 같지 않을까 한다. 이 집이 나랑 맞

을지 처음 볼 때부터 느낌이 온다는 거다. 집의 컨디션이 그렇게 좋은 건 아니었지만 (해방촌의 집들은 거의 낡았다.) 난 이 집을 보자마자 이사를 오고 싶었다. 내가 잠깐 동안 살기에 너무 좋은 환경이었다. 최소한의 집만 가져와서 살다가 언제든 나갈 수 있는 그런 집이었다. 집의 주인인 솔지는 솔직하고 매력 있는 친구였다. 지금까지 원래 알던 친구들하고만 함께 살았는데, 처음으로 모르는 사람과 살아본다고 했다. 나도 마찬가지야.

난 언제나 끌어당김의 법칙을 믿는다. 내가 원하는 것을 계속 생각하고 있으면 내가 만족할 수 있는 그것이 나에게로 온다는 것! 만약 나에게 오지 않았더라도 실망하지 않는다. 그건 분명 더 좋은 것, 나에게 맞는 것이 오고 있다는 뜻이기 때문이다.

그렇게 생각한 집이 나에게로 왔다. 뭔가 새로운 일이 일어날 것 같다.

이사

이사를 하는 날이다. 내가 이사를 갈 곳은 대문을 열면 주방과 거실이 바로 나오고 방이 세 개가 있는 구조이다. 무엇보다 오롯이 혼자만의 공간이 있는 것이 좋았다. 다시 찾게 된 나의 공간. 방엔 장롱 하나가 있는 게 전부였다.

사실 이사라고 할 것도 없었다. 내 짐이 있는 집은 그대로 있었고, 난 몸만 빠져나와 잠깐 동안 나의 공간을 월 30만 원에 빌린 것이다. 원래 살던 집에서 7분 정도만 걸으면 되는 거리였기에 난 잘 때 덮을 이불과 베개만 가지고 나왔다. 필요한 것들은 조금씩 옮길 예정이었다.

이사 첫날, 이불만 가지고 가서 바닥에서 잤다. 집은 1층이었다. 바닥에서 찬 기운이 올라오는 것을 느꼈다. 아무래도 침대가 필요할 것 같다. 집에 있는 매트리스를 가져오자니 일이 너무 커질 것 같고, 주변에 이사하는 친구들의 중고 매트리스를 노리기로 했다. 인터넷을 통해 저렴한 가격에 침대를 판다는 것을 봤다. 거리도 가까웠다. 침대를 보러가서 난 중고는 아니라는 결론을 내렸다.

서울에 올라와서 처음 자취를 시작했을 때, 난 텔레비전과 냉장고 등의 가전제품을 중고매장에서 구매했다. 그런데 얼마 지나지 않아 고장이 났다. 중고는 AS도 힘들다. 그 이후 난 생각을 바꿨다. 이제는 어떤 물건이든 가급적 새 물건을 산다. 그리고 난 어떤 물건이든 한 번 사면 오래 쓰기도 한다. 새 물건을 내 방식대로 접하는 것이 좋다.

어떤 공간에 머물 때 '얼마나 있겠어. 대충 있지 뭐.' 하는 생각을 가질 수 있다. 나 또한 얼마 전까지만 해도 이런 생각으로 살았다. 나중에 좋은 걸 쓰겠다며 지금 당장의 행복을 유예시킬 때가 많았다. 하지만 이런 태도는 계속 지금, 현재 좋은 것을 쓰지 못하게 만든다. 미래는 예측할 수가 없다. 잠깐 있으려고 했던 생각이었는데, 계속 있게 되는 상황도 생기는 거다. 그러니 우리는 지금 만끽할 수 있는 행복을 유예하면 안 된다.

난 이제 잠깐을 거주하더라도 나에게 최고의 분위기가 되도록 최선을 다한다. 내가 좋아하는 것들로 채우려고 한다. 지금 제일 좋은 것, 날 행복하게 하는 것을 먼저 취하려고 한다. 그럼 매일이 행복으로 채워진다. 잠깐을 있더라도 나의 최고의 공간을 만들고, 매 순간 좋은 기분을 느낀다. 그때 느꼈던 공기와 기분은 두고두고 기억되어 나중에 기억할 수 있는 좋은 추억이 된다.

그래서 난 언제까지 있을지 모르는 나의 공간에 대해 투자를 아끼지 않기로 했다. 처음에는 집에서 쓰던 것들을 하나씩 옮기려고 했지만, 가져오는 일이 만만치 않았다. 차라리 새로 사는 게 낫다는 생각이 들었다. 우리나라 최고의 배송 시스템이 있으니까. 난 인터넷 쇼핑으로 침대, 책상을 주문하고 있었다. '그래, 잠깐 있더라도 새 기분으로 있자.' 그렇게 또 내 공간은 금세 물건들로 가득 차기 시작했다.

새로 간 집은 혼자 사는 게 아닌가 생각할 정도로 조용했다. 내가 생각한 셰어하우스는 가끔 각 방에 사는 사람들이 모여 술도 마시고 친하게 지내는 거였는데 그런 환경이 아니었다. 집을 관리하는 솔지 외에 다른 방에 사는 친구는 얼굴도 보지 못했다. 그는 새벽에 아주 조용히 왔다가 아침에 바람처럼 나가곤 했다. 이들은 식사도 집에서 먹지 않았고, 잠만 자는 듯 했다.

해방촌에서 꽤 오랜 시간 동안 자리를 지키고 있었던 고바우 슈퍼, 몇 년 전만 해도 그 일대가 해방촌의 가장 중심이라고 할 수 있었다. 지금은 해방촌 신흥시장 쪽으로도 범위가 많이 넓혀졌다. 매일 저녁 시간이면 사람들이 줄 서 있는 풍경이 익숙한 보니스 피자는 예전에는 부동산이었다. 고바우 슈퍼는 지금 편의점으로 바뀌었다.

같은 지역에 산다고 하더라도 집의 위치와 구조에 따라 걷는 길이 달라지고 매일 마주치는 이웃이 달라진다. 같은 해방촌이라고 해도 창밖으로 보이는 풍경이 달랐다. 예전에는 직진으로 올라갔던 길을 이제는 왼쪽 골목으로 올라온다. 전에 살던 곳으로 갈 때와 이곳으로 올 때의 기분이 달랐다.

내 살림살이는 원래 집에 있었고, 난 최소한의 짐만 가지고 있었기에 식사도 거의 밖에서 해결했다. 오히려 여행지에서 느끼는 감정을 느낄 수 있었다. 카페에 오랜 시간을 있다 보니 해방촌에 사는 이웃들과도 교류가 많아지고, 얘기를 몇 마디 나누다 보면 금세 친구가 되곤 했다. 그중엔 에린이란 친구가 있다.

에린은 중국에서 일을 하다가 한국에 온 지 얼마 안 된 친구이다. 대구 출신인데 캐나다에서 대학을 나오고, 그 이후 스페인에도 오래 살았다고 했다. 이 친구는 영어, 스페인어, 중국어까지 3개 국어를 구사했다. 한국에 와서 경리단에 집을 구한 이 친구는 처음 사람을 만날 때 낯을 가리는 나와는 달리 친화력이 좋은 친구였다. 동갑이기도 했고 가까이 살아서 우린 급속도로 친해졌다. 내가 이사를 가고 나서 알게 된 첫 한국인 친구이기도 했다.

어느 날, 에린은 자신이 우연히 경리단에서 영국 왕자를 만나 교제를 시작했다고 했다. 만난 지 얼마 안됐지만 곧 결혼을 할 거 같다고도 했다. 영국 명문 가문 출신에 영국에서 명문 학교를 나왔다고 하는 그! 본 적은 없지만 모든 게 갑작스러운 상황에 에린이 좀 걱정이 되었다. 아니나 다를까 얼마 후, 에린은 그 남자한테 사기를 당했다고 말했다. 어느 날, 돈을 빌려달라고 해서 좀 의심스러웠는데, 에린이 아는 언니를 통해 그 남자의 모든 것을 알게 되었다고. 그 남자는 영국이 아닌 나이지리아 사람이었고, 심지어 결혼을 한 상태였으며 에린한테 접근한 건 결국 돈으로 사기를 치기 위함이었다. 결국 들통 날 사기를 이 좁은 동네에서 치고 다니다니!

그 후 에린은 소리 소문 없이 연락이 끊겼다. 몇 년이 지난 어느 날, SNS에서 그녀를 우연히 볼 수 있었는데 그 사이 결혼도 하고, 아이도 낳은 것 같았다.

인생이라는 거 어쩌면 자신과 맞는 곳을 찾아 유랑하며 살다가, 어느 순간 자신도 모르게 변화된 삶을 맞닥뜨리는 일이 아닐까.

하우스메이트

드라마 <청춘시대>는 셰어하우스 이야기를 다루고 있다. 각기 다른 성격과 취향을 지닌 다섯 명의 여대생이 셰어하우스에 모여 살면서 벌어지는 내용이다. 극중 인물인 은재는 지방에서 처음 올라와서 셰어하우스에 들어오고 방을 누군가와 함께 사용하게 된다. 같은 방을 쓰던 다른 친구는 은재가 하는 행동에 대해 사사건건 조심해달라는 내용의 포스트잇을 붙인다. 할 말을 못 하고, 조금은 내성적인 은재는 그걸 보고도 아무 말 못 하고 상상으로만 대적한다. 그런데 나중에 그 포스트잇을 쓰기 위해 고민했던 룸메이트의 흔적을 본다.

말로 하면 괜찮은데 쪽지로 하면 상대방은 기분 나쁘게 받아들일 수도 있다. 말에는 감정이 들어가지만 쪽지에는 감정이 보이지 않기 때문이다. 하지만 오히려 쪽지는 말보다는 정제되어 정중하게 느껴질 수도 있다. 쪽지로 부탁을 했을 때, 그 이후 나타나는 상대방의 태도에 따라 더 스트레스가 될 수도 있고 이해가 될 수도 있다. 그 모든 건 태도에 달려 있다. 이건 지극히 개인적인 의견이다.

내가 셰어하우스에 들어가서 산 지 한 달 정도 되었을까. 솔지가 말한다. 같이 살던 오빠가 집을 나가게 됐다고. 그래서 아는 언니가 이사를 온다고 했다. 그런데 사실 난 그 기간까지 단 한 번도 그 남자를 본 적이 없다. 이사 올 아는 언니는 솔지가 일하는 바에서 일하다 만난 언니라고 했다.

그리고 어느 날, 목소리가 걸걸한 여자 아이가 나에게 인사를 한다. 새로 이사 온 사람이라며 잘 부탁한다는 말까지 덧붙였다. 태닝을 한 듯한 구리 빛 피부를 그녀는 성격이 좋아 보였다. 처음에 호감이었던 그녀가 며칠 뒤부터 비호감으로 전락하게 된다. 그리고 평안했던 나의 마음은 점점 스트레스가 쌓이기 시작한다. 그녀로 인하여.

이태원 바에서 일을 하는 친구들이라 이들의 일과
는 새벽에 끝이 난다. 솔지 혼자였을 때는 들어왔는지
도 모르게 새벽에 아주 가끔씩만 소리가 났다. 그런데
그녀가 들어오고 나서 새벽 3~4시가 되면 어김없이 큰
소리가 난다. 내가 그때부터 새벽형 인간으로 살았더
라면 알람 소리라 생각하며 그러려니 했을 수도 있다.
하지만 그때는 아니었다.

그 시간에 들어와서 각자의 방에 들어가면 괜찮은
데, 그들은 거실에서 이야기를 나눈다. 그리고는 일주
일에 한 번은 친구들까지 데려와서 파티를 하기 시작
한다. 남녀, 국적 불문의 친구들이 이곳에 모여들었고
그들은 항상 취해 있었다. 새벽 5~6시 정도 내 방문이
활짝 열리며 이름 모를 서양 남자의 습격을 받기도 했
다. 아마도 그는 내 방을 화장실로 착각한 모양이었다.
그 이후로 난 문을 꼭꼭 걸어 잠그기 시작했다.

한 번 두 번 하고 말겠지 생각했던 그들의 새벽 음
주는 계속 이어졌고, 참다 못 한 나는 쪽지를 썼다. <
청춘시대>에 나오는 친구처럼 몇 번이나 고쳐 쓰지 않
았다. 화를 그대로 담아 거침없이 썼다. 같이 사는 집
인데 새벽에 조용히 해줬으면 좋겠다는 내용이었다. 난
그녀의 방 문 앞에 쪽지를 붙여 놓았고, 하루 뒤 답장

을 받았다. 그녀는 죄송하다며 조심하겠다고 하는 내용을 쪽지로 써서 내 방 문에 붙여 놓았다. 미안함은 아는 아이 었구나 생각하며 화가 조금은 누그러졌다. 하지만 그 이후 그녀의 행동이 바뀔 거라 기대한 건 나의 착각이었다. 아무것도 고쳐지지 않고 그대로였다. 아마 쪽지가 대여섯 번은 오갔을 것이다. 매번 미안하고는 했지만 고쳐지지 않는 그녀의 행동에 난 다른 작전을 쓰기로 했다.

나 또한 일찍 자지 않고, 밤에 나가서 질펀하게 놀다 오는 것이다. 매일 그럴 순 없어도 가장 스트레스 받을 확률이 높은 금요일이나 토요일 밤에 실행을 하기로 했다. 나의 이런 계획에 적극적으로 동참해 준 사람은 나의 친구 쩌멜리였고, 우리는 금요일 밤마다 이태원으로 향했다. 밤을 불태운 다기 보다 집에서의 스트레스를 최소화하기 위해. 그때만 해도 밤새 놀아도 체력이 괜찮은 20대였다.

또 일주일에 하루만 놀 수 없었던 이유는 쩌멜리가 지방에 살고 있었기 때문이다. 쩌멜리가 일을 마치고 올라올 수 있는 금요일 저녁을 어느 순간 난 손꼽아 기다렸다.

그리고 어느 금요일 저녁, 우리는 이태원으로 향했

고 이태원의 바들을 점령해 나갔다. 그날은 유독 흥이
나서 새벽 3시 정도 집에 들어갔다. 그 시간에도 걸어
서 집에 갈 수 있다는 사실이 큰 메리트였다.

집에 도착했을 때 거실 불은 켜있었고, 문을 여니
국적 불문의 아이들이 거실에 한가득 모여 앉아 있었
다. 그날 우리는 취해 있었기에 그 부분에 화가 나진
않았다. 피곤함이 느껴져 바로 방으로 들어가서 잠을
청했고, 몇 시간 정도 눈을 부치고 우린 일어났다. 쩌
멜리는 화장실을 다녀오겠다고 했다. 화장실을 다녀온
그녀가 말을 한다.

"거실에 무슨 물을 쏟았나 봐."

"아, 그래? 치우겠지 뭐."

우린 다시 잠이 들었다. 점심 즈음에 일어났을 때
방문을 열어 보니 아직 거실에 물이 흥건한 상태였다.
그리고 외출했던 솔지가 현관문을 열고 들어오고 있었
다.

"어디 다녀왔어?"

"일하고 왔어요."

"부지런하네. 잠도 얼마 못 잤겠네?"

"이제 자야죠."

"솔지야, 그런데 바닥에 물이 있어.

뭐 쏟은 거야?"

"아, 언니 이게 말이죠."

말 뒤끝을 흐리는 솔지. 그리고 잠시 후,

"이거... 오줌이에요."

"오 마이 갓! 뭐라고?"

쩌멜리와 내가 동시에 시선이 간 곳은 바로 쩌멜리의 발이었다.

"말도 안 돼. 무슨 오줌을 이렇게 많이 싸! 코끼리도 아니고. 대체 누구야?"

"치울게요. 언니 죄송해요."

오줌을 싼 범인은 솔지 방에서 자고 있었다. 솔지방에 있는 오줌싸개를 본 솔지는 노발대발했다.

"넌 또 왜 여기서 자고 있어? 일어나서 빨리 니가 싼 오줌 치워!"

오줌싸개는 외국인이었고, 이 모든 말을 솔지는 영어로 했다.

"언니, 더 끔찍한 사실은요. 제가 봤어요."

"뭘 봐? 오줌 싸는 거?"

"네. 식탁 의자에 조준하고 있는 그 아이 걸 봤어요."

"대박이다. 의자는 어디 있어?"

"의자는 밖에 내다 놨어요."

"와우! 식탁 의자를 변기로 본 거야?"

"당분간 머리에서 떠나지 않을 것 같아요."

솔지의 아주 디테일한 말에 잠깐 상상을 해 본다. 아! 그만하자. 그 아이와 그 아이를 들인 다른 아이가 함께 거실 바닥 청소를 했지만, 그 찝찝함은 이루 말할 수 없었다. 그 이후 난 거실용 실내화를 샀고, 거실에선 절대 실내화를 벗지 않았다.

이 사건이 있은 후 얼마 동안은 집이 조용했다. 이런 사건이 있었는데도 계속해서 친구를 들이고 파티를 벌이면 그 아이는 진짜 배려심이 1도 없는 거라 생각했다. 이제 그 아이는 다른 곳에서 파티를 하고 들어오는 것 같았다. 그 이후 그 아이가 집에 들어오는 날은 손에 꼽힐 정도였다. 딴살림을 차렸나? 오히려 난 그게 편했다.

그리고 어느 토요일 아침이었다. 난 여느 때와 같이 외출 준비를 하고, 일을 하기 위해 나가려 했다. 아이들을 가르치는 뮤지컬 강의가 있었기 때문이다. 토요일에 일하러 가는 건 싫지만 재미있게 할 수 있는 일이었기에 난 당분간 불타는 금요일을 보내는 것을 멈추었다. 그리고 무엇보다 오줌사건 이후에 집이 조용해졌기 때문이다.

현관문을 열었다. 그런데 문이 열리지 않는 것이었다. '어? 이상한데?' 하면서 있는 힘껏 문을 밀어보았지만 문은 절대 열리지 않는다. 문이 잠긴 상태도 아니었다. 문 앞에 묵직하게 뭔가 있는 것 같은 느낌이다. 물건은 아닌 거 같고, 생명체다. 갑자기 머릿속이 스릴러 모드가 된다. '혹시 문 앞에 죽은 사람이 있는 거 아니야?' 생각이 확대가 된다. '아니겠지? 그런데 진짜 죽은 사람이 있는 거라면 어쩌지?' 아, 이런 내가 뭐 하고 있는 거지. 그만하자. 상상은 두려움을 가속화한다.

문제의 그녀는 집에 안 들어온 것 같고, 솔지는 미군 남자 친구와 함께 자고 있는 것 같다. 깨울 수도 없고, 고민이 되었다. 아직 시간 여유가 좀 있었기에 기다리면서 방안을 강구하기로 한다. 시간만 가고 방법이 없어 용기를 내어 솔지 방문을 두드렸다.

"솔지야 미안한데 현관문이 안 열려."

"네? 잠깐만요."

바로 솔지와 그녀의 남자 친구가 나왔다. 그들은 현관문을 있는 힘껏 밀었다. 그래도 현관문이 움직이지 않는다. 그래, 남자 힘으로도 안 되는 거였어. 잠시 후 생각한 그들, 솔지 방 창문을 넘기로 한다. 다행히 솔지 방엔 방범창이 있지 않아서 넘을 수 있었다. 창문을 넘은 솔지 남자 친구, 그리고 잠시 후에 현관문이 열렸다. 집에 있던 솔지와 나는 문이 열리자마자 밖을 확인한다. 내가 생각했던 대로 사람이 있긴 했다. 솔지도 아는 사람인 듯했다.

"알렉스! 너 지금 여기서 뭐 하는 거야?"

솔지가 그의 얼굴을 확인하고 말한다. 다행인 건 죽은 사람이 아닌 지금 막 잠에서 깬 사람이라는 거다. 그리고 난 그 사내 옆에 있는 먹다 남은 컵라면에 눈이 갔다. 그 옆엔 맥주병이 있었다. 술을 마시다 보면 라면이 먹고 싶은 다분히 한국적인 정서까지 몸에 담은 이 외국인! 술병과 컵라면을 들고 각각 손에 들고 이곳까지 와서 그대로 쓰러진 건가? 목표를 고지에 두고? 아니면 여기가 방이라고 생각을 한 건가? 어쨌든 그 어디서도 볼 수 없는 예상치 못한 장면이다.

아직 술이 안 깨 비몽사몽 한 상태의 남자를 솔지는 그녀의 방으로 인도한다. 솔지는 자기 몸도 못 가누는 남자에게 사과하라고 말을 한다.

"죽지 않았으면 된 거여. 내가 얼마나 많은 상상을 했다고. 그 짧은 시간에."

역시 그 남자는 그녀의 친구였고, 미군 장교라 했다.

이런저런 사건이 계속되고 그녀는 그때마다 미안하다고는 말했지만 행동이 고쳐지지는 않았다. 그렇게 몇 달이 지나고, 솔지가 기쁜 소식을 전해 주었다. 그녀가 이 집에서 나간다는 것이다. 호주 워킹 홀리데이를 다녀왔던 그녀는 이제는 독일로 워킹 홀리데이를 떠난다고 했다.

난 가식을 담아 친해질 시간도 없이 이렇게 가서 아쉽다고 말은 했지만, 내 맘속에서는 이제라도 나가서 좋다고 만세를 부르고 있었다.

Caliente

해외여행을 하다 보면 큰 도시에 갔을 때 워킹 투어 (Walking-tour)를 많이 한다. 현지인의 설명을 들으면서 도심의 관광 명소들을 구석구석 볼 수 있다는 것이 매력이다. 또 번화한 도심에서 우리는 펍크롤(Pub -crawl)을 즐길 수도 있다. 펍크롤은 여러 펍을 다니면서 술을 마시는 것을 말하는데 한번쯤 도전해 보면 좋다.

세계 각지의 청년 여행자들이 모이는 호스텔에서 이벤트를 많이 추진하는데, 이때 여행 온 친구들과 이야기를 나누며 친해질 수 있는 계기가 된다. 도시의 밤 분위기를 느끼고 싶을 때 안전하게 즐길 수 있는 장이 되기도 한다. 단, 이런 문화는 어릴 때 경험해 보는 것을 추천한다.

셰어하우스의 그녀로 인해 스트레스를 받던 나는 쩌멜리와 함께 금요일 밤만 되면 자연스럽게 이태원에서 펍크롤을 하게 됐다. 이태원의 특성답게 세계 각국의 각 나라별 테마의 특징을 가지고 있는 펍들이 많이 있었다. 그런 다른 분위기의 펍을 발견하는 것이 쏠쏠한 재미라면 재미였다. 많은 펍들 중에서 쩌멜리와 나의 마음을 단번에 사로잡은 펍이 있었으니, 바로 거긴 Caliente(깔리엔떼)라는 곳이었다.

Caliante는 스페인어로 뜨겁다는 뜻을 가지고 있다. 영어의 hot과 비슷한 표현이라고 보면 된다. 난 왜 스페인어를 마음에 품게 되었는지 모르겠다. 어느 순간 스페인어를 배워야겠다는 생각이 들었고, 학원을 등록하고 있는 나를 발견했다. 뭐 특별한 목적 없이 배웠기에 중간에 그만두긴 했지만. 그래도 가끔 생각한다. 스페인어를 들을 때마다 가슴이 벌렁거리는 나를 보며 내 안의 라틴의 피가 흐르고 있는 게 아닐까 하고 말이다. 특히, 라틴음악을 들을 때 난 평소 느낄 수 없었던 전율을 온몸으로 느끼며 흥분 상태가 된다.

이태원 중심에 위치한 깔리엔떼 펍에 처음으로 갔

을 때 난 이런 기분을 느꼈다. 깔리엔떼는 라틴음악이 나오는 펍이었고, 살사를 추는 살사 바이기도 했다. 바에 앉아서 맥주를 마시면서 나오는 음악을 듣는 게 그렇게 행복할 수가 없었다. 거기에 고향에 온 것 같은 편안함마저 느꼈다. 나와 비슷한 취향을 가지고 있는 쩌멜리와 나는 그곳의 단골이 되었다. 춤을 추지 않아도 바에 앉아서 사람들 구경하는 것도 재미있었다. 어쩜 그렇게 독특한 개성을 가진 사람들만 모이는지, 비주얼과 의상으로 봐선 우리가 그중에 제일 평범했다. 이건 우리만의 생각일 수도….

그곳을 알게 된 이후, 우리는 금요일 밤이면 어김없이 그곳으로 향했다. 그리고 바에 앉아서 음악을 들으며 맥주를 마셨다. 그리고 무대 한쪽에서 라틴음악에 맞춰 춤을 추는 사람들을 보고 있었다. 막대기 같은 나보다 훨씬 리듬감이 좋은 쩌멜리는 옆에서 웨이브를 타고 있었다.

그동안 춤을 배우려고 도전했던 이력만 본다면, 그리고 꾸준히만 했다면 아마 지금쯤 박사 수준이었을 것이다. 재즈 댄스, 그리고 스윙 댄스와 살사 댄스 등 시도는 많이 했지만 난 춤은 나와는 맞지 않다는 결론에 도달했다. 내가 각종 춤을 배우기 시작할 때마다 같이 참여했던 쩌멜리는 내가 그만 둘 때도 계속해서 춤을 췄다. 그리고 그녀는 지금 이곳에서 자신의 섹시함을 어필하고 있는 중이었다. 반면, 난 춤을 추려고 움직이기만 하면 코미디가 되어 버린다.

스윙댄스나 살사댄스는 혼자 추는 것이 아니라 남자와 여자가 함께 추는 춤이다. 춤을 리드해 나가는 사람을 리더, 그리고 함께 추는 사람을 팔로워라고 한다. 춤을 시작하기 전에 파트너의 손을 잡는 자세를 '홀딩'이라고 한다. 리더와 팔로워는 앉아 있는 사람에게 홀딩 신청을 해서 함께 춤을 출 수 있는데 홀딩 신청을 했을 때는 웬만하면 거절하지 않고 춤에 응한다. 리더가 이끄는 대로 팔로워는 춤을 추게 된다. 팔로워는 춤을 잘 추지 못해도 잘 리드해 주는 리더를 만나면 신나게 즐기며, 잘 추게 보일 수도 있다.

그날도 쩌멜리는 홀딩 신청이 많이 들어왔다. 하지만 누가 봐도 폐쇄적인 자세를 취하고 있는 나는 홀딩 신청이 들어오지 않았다. 나도 움직이는 것보단 앉아서 구경하는 게 더 재미있기도 했다. 간혹 홀딩 신청이 들어오면 "잘 못 추는데…" 하면서 말끝을 흐리고, 춤을 춘다. 처음에 리더들은 괜찮다고 했지만, 한 곡이 끝나고 더는 나에게 홀딩 신청을 하지 않는다.

난 다시 관람자의 모드로 들어간다. 그곳엔 남미 사람들도 많이 있었다. 한국 사람들은 배운 대로 원, 투, 쓰리, 포 박자에 맞춰 아주 정직하게 춤을 추는데 반해 남미 사람들은 소위 자기 꼴리는 대로 춤을 추는 것 같다. 제멋대로 추는 거 같은데 뭔가 흥이 나고 있어 보인다. 실제로 남미 사람들과 춤을 출 때가 더 재미있단 느낌이 든다. 뭐든 정석대로 하는 것보다 마음 꼴리는 대로 하는 게 스릴 있는 법이니까.

혼자 외롭게 앉아 쩌멜리가 춤추는 것을 바라보고 있는데 누군가 와서 나에게 홀딩 신청을 한다. 남미 사람이었다. 한국인 특유의 겸손함을 장착하고 난 춤을 잘 못 춘다는 것을 어필한다. 그리고 우린 춤을 추고, 대화를 나누었다. 그동안 찔끔찔끔 배웠던 스페인어가 빛을 발하는 순간이다. 이 날을 위해 내가 그동안 배웠었구나. 책으로만 배웠는데도 불구하고, 나도 모르게 스페인어가 술술 나오더니 대화를 하고 있는 것이다. 대화를 한참 하고 그는 나에게 연락처를 물었다. '뭐 얼마나 연락을 하겠어.'하는 심정으로 연락처를 자연스럽게 교환하고 우린 헤어졌다.

그 이후 계속 연락을 주고받다가 우린 자연스럽게 만남을 이어갔다. 그리고 연인이 되었다. 1년 정도의 시간을 만났던 것 같은데 지금 그의 이름을 떠올리려고 하니 생각이 나지 않는다. 그의 이름이 영어의 쉬림프 발음과 비슷해서 새우라고 불렀던 기억밖에는…. 딱 그 정도의 인연이었나 보다. 그냥 가볍게 만났던 딱 그 정도의 인연.

어떤 기억은 떨쳐 내려고 해도 떨쳐지지 않는 반면, 아무리 떠올리려고 해도 생각나지 않는 기억이 있다. 바람과 같이 왔다 스쳐간 그런 인연들. 떠올리면 흐뭇해지는 지나간 인연이 얼마나 될까. 그 당시엔 내 곁에 없으면 큰일 날 거 같은 사람이었는데도, 지금은 그 없이도 잘 살아가고 있다. 심지어 그런 추억이 있었는지 생각도 나지 않는다. 어쩌다 고개를 들이밀며 봐달라고 용을 쓸 뿐이다.

지금 라틴 펍 깔리엔떼는 사라졌다. 바람과 같이 왔다 스쳐간 나의 연인처럼 그렇게 사라져 버렸다.

떠
나
다

그리고 난 떠났다

셰어하우스의 그녀가 독일로 떠나고, 다시 내 마음에 평화가 찾아왔다. 잠깐 나와 있겠다고 했는데, 점점 짐이 늘어나고 있었다. 들어왔던 방엔 햇빛이 잘 들지 않았다. 그녀가 나가고 솔지에게 방을 옮기겠다고 말했다. 지금보다 3만원을 더 내야 했지만, 그래도 좋았다. 아침 햇살을 마주할 수 있다면 말이다.

옷장 하나만으로도 충분했던 나의 옷들은 이곳에서 4계절을 지내면서 어느덧 부족했고, 난 이사를 하면서 서랍장과 행거를 추가했다. 사실 내 집에 살고 있는 언니에게 변화가 생겨 다시 들어가든, 아니면 나의 삶에 변화가 생기길 바랐다. 하지만 언제 올지 알 수 없는 변화였기에 난 오늘을 살아야 했다. 내가 지금 할 수 있는 것을 하면서. 시간이 정말 쏜살같이 지나갔고, 난 그때 투잡을 하면서 공부까지 하고 있었다.

어느덧 20대 후반의 나이가 되었고, 난 그때 다시 학교를 들어가 뮤지컬을 공부하고 대학로에서 뮤지컬 조연출로 일을 하고 있었다. 이어 대학원에 가서 학업을 계속 이어가려고 했다.

그러던 와중에 영국 석사 과정을 알게 되었는데, 영국 석사는 1년이면 마칠 수 있다고 했다. 그 사실이 나에게 메리트로 다가왔다. 영국으로 석사를 하러 가려면 아이엘츠(IELTS) 점수가 필요했다. 아이엘츠(IELTS)는 영국이나 호주 등의 학교에서 유학을 할 때나 이민을 갈 때 필요한 영어 점수이다.

그리하여 난 아주 바쁜 생활을 하게 된다. 오전에는 학원을 등록해서 영어 공부를 하고, 낮에는 초등학교에 가서 아이들에게 뮤지컬을 가르쳤다. 그리고 학교 일이 끝나면 바로 공연장으로 가서 밤까지 일을 했다. 열정과 체력 모두 가능한 나이였다.

반복적인 일을 하다 보면 시간이 유독 빨리 가는 것을 느낀다. 그러던 와중에 나에게 아주 달콤한 제안이 들어왔다.

매 년 가을에 독일 베를린에서는 '세계 국제 가전 전시회'가 열린다. 말 그대로 전자 제품 전시회다. 세계 굴지의 기업들이 모여 언팩 행사도 하고, 그곳은 전자 제품 축제로 다양한 프로그램으로 채워진다. 우리나라 기업들도 매년 참여를 하는데, 기업들은 프로그램을 만들어서 현장 소식을 스트리밍 서비스로 내보낸다.

그 현장의 방송을 위해 작가가 필요했고, 아는 피디님께서 제안을 해주셔서 난 일 년 전에 출장을 다녀왔었다. 아마도 그때 담당자들 마음에 들었나 보다. 이미 일 년이 지나 있었고, 그 기업에서 또 제안을 해 온 것이다. 거절할 이유가 없었다. 내가 영국 유학을 결심하게 된 계기가 그 행사 참여 이후였던 것 같다. 당시 MC가 영국 사람이었고, 내가 MC와 함께 다니면서 촬영을 진행했었는데, 그때 영어에 대한 나의 한계와 필요성을 절실히 느꼈기 때문이다.

날 찾아주는데 그 기회를 버릴 순 없었다. 타이밍도 좋았다. 이때가 한국을 떠나 있을 수 있는 절호의 기회라는 생각이 들었다. 독일에서의 출장은 10일 정도였지만, 난 그 이후 한국으로 돌아오지 않고 바로 영국으로 갈 계획을 세웠다.

치밀하게 준비한 건 아니다. 언제나 그렇듯 뭐 어떻게든 되겠지 하는 마음이었다. 그때 한국에서 너무 바쁜 생활을 보내고 있어서 떠나기 전까지 준비를 제대로 하지 못했다. 정리할 것들은 정리했다. 그동안 정들었던 학교도 그만둔다고 얘기하고, 조연출도 물론 그만두었다. 그때만 해도 마음은 굉장히 비장했다. 떠나는 전날까지도 난 짐을 싸지 못해서 떠나기 전 날 밤을 새우면서 부랴부랴 짐을 쌌다.

한국에서 시험을 봤던 아이엘츠 점수는 대학원에 입학할 수 있는 정도로 나오긴 했다. 그 후 모든 건 영국에 가서 결정할 생각이었다. 일이 우선이었기에 다른 것들은 일단 생각하지 않기로 했다. 정신없이 짐을 정리하고, 비행기를 타고 나서야 드디어 떠난다는 걸 실감했다. 지난 시간들이 주마등처럼 스쳐 지나갔다. 셰어하우스에 잠깐 나와서 산다는 게 벌써 1년 6개월이 지나 있었다.

비행기 안은 무척이나 시끄러웠다. 누군가 전세를 낸 비행기처럼 그 안에 있는 모든 사람들이 서로 알고, 인사하면서 떠들고 있었다. 비행기가 떠나기 전날까지 한국에서는 '세계 조정선수권대회'가 열렸던 것이다. 경기를 마친 선수들이 전부 이 비행기에 타고 있었다.

내가 그동안 잠을 못 잤던 게 신의 한수였는지도 모른다. 그런 환경에서도 난 기절하듯 잠이 들어 비행기 착륙 전까지 아랑곳하지 않고 잠을 잤다.

잠에서 깨고 나서 문득 그런 생각이 들었다. 환경은 가만히 있는데 변하지 않는다. 마음속에 어떤 갈망이 들고, 그 갈망으로 인해 행동을 하고, 행동으로 인해 환경이 변한다는 사실이다.

언니와의 불편함으로 인해 난 셰어하우스에서 살아야겠다는 생각을 했고 행동에 옮겼다. 그리고 나에게 또 다른 환경을 바꿀 기회가 온 것이다. 사실 난 오래전부터 한국이 아닌 해외에서 살아보고 싶단 생각을 해왔었다. 예전부터 간직하고 있던 나의 소망이 지금 이루어지고 있는지도 몰랐다.

New life

　영국과 유럽에서 1년 정도의 시간을 보내고 난 다시 해방촌으로 돌아왔다. 다시 돌아온 해방촌은 내가 떠날 때보다 더 번잡해진 듯했다. 못 보던 가게들이 많이 생겼고, 여기저기 공사도 많이 하고 있었다. 전에 알던 외국인 친구들도 그사이 해방촌을 떠났다.

　해방촌 집에 돌아왔지만 언니는 그대로 살고 있었고, 별다른 변화가 없는 것 같았다. 이미 몸과 마음이 떠났는데 다시 그 집에 들어갈 수 없던 나는 친구네 집을 전전하며 생활을 이어갔다. 이미 1년 동안 유럽과 영국에서 캐리어 하나로 돌아다니는 삶을 살아서 그런 삶도 나쁘지 않았다. 어딜 가나 마음이 편해야 하는 법이니까. 그리고 사람은 어떤 환경이든 적응하게 되어 있나 보다. 그리고 또 한 가지, 환경을 바꿔 보면 상황이 바뀔까 생각했는데 그게 아님을 알았다.

한국에서 1년간의 공백이 있었던 나는 당장에 돌아와서 할 일이 없었다. 하던 일을 다 포기하고 떠났기 때문이다. 그래도 뮤지컬 강의 연락이 와서 간간히 다니곤 했다. '결국 그 자리로 돌아오기 위해 시간과 돈을 들여 떠난 거야?' 라고 묻는다면 할 말이 없다. 하지만 인생이 시간과 돈만으로 계산되는 것이 아님에는 분명하다는 생각이다. 나는 그로 인해 경험이란 걸 했고 그 경험은 나중에 어떻게 쓰일지 모르는 일이다.

할까 말까 고민하는 일들이 있다. 여러 생각을 하면서 기회비용도 따져보고 뭐가 더 이득일까 계산을 해 보기도 한다. 하지만 인생이 그 계산대로 척척 이루어지는 것이던가! 하고 싶은 일이 생기면 바로 행동하라고 말해주고 싶다. 무조건 행동하면 방법은 생기고 생각한 방향대로 나아가기 마련이다. 하고 싶은 대로 사는 것 같아 보이는 나도 계산을 하다가 하지 않은 일들이 있다. 저지른 일보다는 하지 않은 일에 대한 후회가 더 남는 법이다. 그러니 이것저것 재지 말고 마음의 소리를 따르라고 말하고 싶다. 그게 바로 나중에 덜 후회하며 사는 방법이니까.

친구네 집에서 신세를 지는 것도 하루 이틀이고, 난 그때 굳이 서울에 있을 이유가 없어 지방에 계신 부모님 댁에서 머물게 된다. 열아홉 살에 집에서 나와 독립을 했고, 십여 년 정도 넘게 난 혼자, 그리고 언니와 살았다. 그리고 다시 부모님이 계신 시골집으로 들어간 것이다.

1년 동안 타지에서 떠돌던 생활로 인해 시골에 관심을 갖게 된 것도 사실이다. 그리고 어디에서 살든지 만족할 수 있는 마음 상태를 갖게 했다. 어렸을 땐 그렇게 벗어나고 싶었던 시골이었는데, 오랜 시간을 떠나 있다가 다시 와서 보니 시골 생활도 나쁘지 않았다. 어디에 있느냐가 중요한 게 아니라 그곳을 대하는 나의 마음이 중요한 것 같다.

그리고 난 그때 아주 중요한 삶의 진리를 깨닫는다. 어떤 문제든 피한다고 해결되는 게 아니라는 것을. 해결 방법을 모를 땐 잠시 시간을 가지고 멈추거나, 우회할 수는 있다. 하지만 직접 맞닥뜨리는 것이 최고의 해결 방법이라는 것을 알았다. 아직 맞닥뜨릴 마음이 생기지 않았다면 그때를 기다리는 것도 좋다. 때가 오면 자연스럽게 해결하기 위해 어떤 시도든 하게 될 테니까. 중요한건 시도 자체로 해결의 반 정도까지는 도달했다는 것이다.

나 또한 기다림의 끝에 언니와 대화를 시도했다. 가만히 있다가는 서로 변화의 기미가 보이지 않아 어떤 행동이라도 해야 했다. 그리고 내 삶을 다시 설계해야 했다. 언니와의 대화 끝에 서로 정리할 걸 정리하고, 언니가 집을 나가겠다는 답을 받았다. 그런데 이상하게 그때의 난 서울보다는 시골에서의 삶이 좋아지고 있었다.

언니가 이사를 하고 난 해방촌 집으로 와서 새로운 마음으로 셀프 집수리를 했다. 2박 3일 동안 아빠와 함께 도배와 페인트칠과 싱크대까지 다 새로 했다. 수리를 하면서 참 여기서 오래 살았구나 하는 생각이 들었다. 한 겨울이어서 수리를 하는데 힘들었지만, 다 하고 나니 뿌듯했다.

난 그 당시 지방에서 일을 벌이고 있었다. 지방에서 영어 학원 오픈에 나선 것이다. 많은 준비를 하고 시작한 건 아니었다. 어쩌다 학원을 오픈하겠다는 마음을 가졌고, 어느 순간 보니 오픈을 하고 있었다. 온 가족이 도와서 가능한 일이었다. 해야 될 일은 이렇게 자연스럽게 하게 되나보다. 나의 전공을 살려 영어와 뮤지컬을 함께 가르치기로 했다. 나중에 보니 내가 예전에 드림리스트로 썼던 목록이었다는 것을 알게 된다.

수리를 한 해방촌 집은 한 동안 비워둔 채로 있었다. 한동안 나는 학원 오픈 준비에 바빠 서울에 올라오지 않았다. 그러던 와중에 중국에서 일을 하던 친구가 한국에 들어와서 잠시 있을 곳이 필요해서 거주하게 되었다. 지방에서 만족하며 살던 나 또한 어느 순간 답답함이 들었고, 콧바람이 절실해졌다. 그 이후 난 주말마다 서울에 오게 되고, 해방촌 집은 사랑방이 되어갔다.

데이팅 앱

　일주일 중 지방에서 4박을, 그리고 서울에서 3박을 하는 삶은 조금 피곤했지만 나쁘지 않았다. 그때 친구는 막 연애를 시작하고 있었다. 평소 남자라면 담을 쌓고, 관심도 없던 그녀가 연애를 하면서 만날 때마다 자연스럽게 우리의 대화는 연애로 시작해서 남자로 마쳤다. 난 여러 번의 연애 경험으로 감정의 소용돌이를 심하게 겪고 이제는 누구에게도 마음을 크게 열지 않겠다는 다짐을 하고 있는 상태였다.

　그런데 그런 나의 마음에도 바람이 일렁이기 시작했다. 이래서 누구와 자주 대화를 하는지가 중요하다고 한 건가.

그리고 어느 날 나의 오랜 외국인 친구가 사랑방에 놀러 왔다. 그런데 그도 연애를 막 시작한 시점이었다. 어디서 만났느냐는 질문에 친구는 '데이팅 앱'을 통해 알게 되었다고 했다. 지금은 광고도 하고 보편화되었지만, 그때만 해도 데이팅 앱은 생소하게 다가왔다. 그리고 한국인보다는 타향살이를 하고 있는 외국인들이 친구 찾기 용으로 많이 이용하고 있던 시기였다. 스마트폰에 바로 앱을 설치했다.

신기하고 재미있었다. 사용하는 것도 아주 간편했다. 거리와 나이를 설정하면 그에 해당하는 남자들 사진이 나온다. 한 번의 터치로 '좋아요.'나 '싫어요.'를 표현할 수 있다. 서로 '좋아요.'를 누르면 매치가 되어 메시지를 보낼 수 있다. 처음엔 '뭐 이런 게 다 있어!' 했는데 하면 할수록 재미가 있었다. 터치 하나로 나의 운명을 걸진 않겠지만, 가벼운 만남을 위해 좋은 앱인 것 같았다.

대부분 메시지를 주고받을 때는 "Hi, How are you?"로 시작을 한다. 내가 있는 장소의 특성상 추천되는 남자들이 외국인들이 많았다. 어떤 사람은 사진이 너무 예쁘다고 칭찬부터 한다. 메시지를 복사한 것 같은 느낌이 들면 일단 패스! 인사를 건넨다고 만남으로 다 이어지는 건 아니고 몇 주 동안 연락을 하며 지켜본다. 호감이 간다고 바로 만나진 않는다. 1주나 2주 정도 지켜본 후 계속 연락을 주고받게 된다면 그래도 대화가 되는 사람이니 오프라인으로 만날 수 있는 확률은 더 커진다고 볼 수 있다. 뭐 정말 가볍게 생각해서 잠깐 시간을 보낼 마음으로 만난다면 언제든 만남을 해도 되겠지만.

사실 온라인 앱이라는 특성 때문에 의심은 많이 갔지만, 1%는 나 같은 사람이 있지 않을까 해서 그 확률을 믿고 한번 도전해 보기로 했다. 한 해를 정리하는 12월에 앱을 시작하였고, 새로운 해를 맞이하면서 새로운 만남을 시도해 봐야겠다는 생각이 적극적으로 들기 시작했다. 그 와중에 계속해서 연락을 주고받은 남자가 있었다. 그리고 일주일 뒤 주말에 보기로 약속을 잡았다.

그렇게 크리스란 친구를 만났다. 그는 미국인이었다. 앱을 이용해서 처음 만나는 것이었기에 나름 긴장을 많이 했다. 그런데 말이 잘 통했고, 편안했다. 처음 만나서 저녁을 먹었는데 새우를 발라줄 정도로 그는 세심했다. 그리고 우린 두 번, 세 번을 만났다. 세 번째 만났을 때 크리스는 나에게 좋아한다고 고백했고, 그렇게 우린 연인이 되었다. 그를 만나면 만날수록 자연스럽고 편안했다.

이런 게 진짜 연애이거늘 그동안 왜 힘든 사랑만 자처하며 했는지 모르겠다. 그렇게 한 달 정도를 만났다. 그리고 크리스는 미국으로 3주 동안 다녀와야 하는 일정이 있었다. 몸이 멀어지면 마음도 멀어진다고 3주 후에 우리의 관계가 결정 나겠구나 생각을 했는데, 그는 하루도 미국에서도 하루도 빠짐없이 연락을 해 왔다.

한국에 다시 와서도 우린 안정적인 연애 패턴을 이어갔고, 진짜 인연을 만난 건가 하는 생각을 가지고 있을 찰나!

그는 나에게 할 말이 있다면서 폭탄 발언을 했다. 자신은 이혼을 했는데 현재 서류상으로는 정리가 되지 않은 상태라 했다. 생각해보니 처음 만난 날, 어떤 이야기를 나누다가 농담으로 "혹시 애가 있는 건 아니지?"라는 질문은 했는데 "혹시 결혼했어?" 이런 질문은 하지 않았다. 아뿔싸!

그는 구구절절 말을 이어갔다. 몇 주 내로 이혼 서류에 도장을 찍을 거라고. 그러더니 또 폭탄 발언을 한다. 5년 전에 뼈 암 수술을 했는데 재발률 때문에 약을 먹는다고.

그는 지금 굉장히 힘든 시기를 보내고 있는 것 같았다. 육체적으로나 정신적으로나. 그런데 이 모든 게 왜 갑자기 터지는 거지? 그래도 한동안 계속 만남을 이어갔다.

그렇게 시간은 지났고, 어떤 하나의 사건이 계기가 되어 헤어지게 되었다.

그즈음 나의 싱글 친구 두 명에게 이 앱을 소개했다. 그녀들도 처음 이 앱을 봤을 때의 나처럼 신기해했고, 재미있어했다. 그리고 이들도 혹시나 모를 1%의 가능성 때문에 앱을 통해 남자를 만났다. 멋모르고 시작했을 때 행운이 오는 경우가 있다. 하지만 그것만 믿고 계속하다간 늪으로 빠지게 된다. 도박과 같이 말이다. 이 앱이 그랬다.

한 친구는 세 번 연이어 유부남에게 걸려들었다. 그는 고양이와 강아지와 같이 산다고 했는데, 알고 보니 굉장한 메타포 적인 표현이었다는 걸! 고양이는 아내였고, 강아지는 아이들이었다. 그리고 또 다른 친구는 남의 사진을 도용해서 사기를 치려고 한 남자에게 걸려들 뻔했다. 친구는 절체절명의 순간에 탐정 기질을 발휘하여 사기꾼이란 걸 알아냈다.

데이팅 앱을 통한 몇 번의 만남 끝에 우리는 앱은 아니라는 결론을 내고 일제히 삭제를 했다. 이렇게 점점 포기하는 게 아니, 포기할 수밖에 없는 게 많아지나 보다.

동거

    지방에서 학원을 운영하며 두 집 생활을 한 지도 1년이 다 되어간다. 이렇게 또 시간이 빨리 흐를지 몰랐다.

    방송 작가를 하고 있는 친구는 중국에서 자리 잡을 생각이었다. 당시만 해도 한류 문화가 급속도로 중국에 퍼지고 있을 때여서, 방송계에 있는 한국 사람들이 중국 시장으로 많이 진출하고 있었다. 친구는 중국으로 일을 하러 가면서 있던 집을 처분하고 떠났다. 그런데 1년 만에 한국에 다시 들어오게 된 것이었다. 그리고 또 이렇게 1년이 흐르고 있었다.

    나는 계속해서 평일엔 지방에서, 그리고 주말은 서

울에서 보내는 생활을 이어갔다. 그리고 평안했던 나의 시골 생활은 주변에서 생기는 여러 상황들로 인해 균열이 일어나고 있었다. 시골에 있는 시간들이 점점 행복하지 않았고, 난 서울에 오는 주말만을 손꼽아 기다리며 살았다. 난 그때 주변에 일어나는 일 때문에 힘들었고, 친구는 연애 때문에 힘들어했다. 동기는 다르지만 그로 인해 느끼는 감정은 비슷했기에 우리는 만날 때마다 그 감정을 나누며 서로에게 위로를 해 주었다.

그리고 항상 거기엔 '술'이 함께 했다. 술을 마시지도 못했던 그녀는 남자를 알아가면서 더불어 술도 알아가고 있었다. 생각해보면 그때 평생 마실 술을 몰아서 다 마신 느낌이다. 급격하게 불어난 체중이 그것을 증명해 주고 있었다.

더 이상 이렇게 매주 술을 마시면 안 되겠다는 생각이 들 무렵, 친구는 직장을 옮기게 되었고 직장 근처로 이사를 해야겠다고 했다. 그렇게 우리의 주말 파티는 종지부를 찍었다. 친구가 나가고 나서 한동안 집은 비어 있었다. 주말에 내가 올라오긴 했지만 예전 같은 즐거움은 느끼지 못했다. '든 자리는 몰라도 난 자리는 안다.'는 말을 확실히 실감하는 중이었다.

그때 꾸준히 연락하던 미국인 남사친이 있었다. 그 친구가 이사를 해야 하는데 잠깐 있어야 할 방이 필요하다는 것을 알았고, 선뜻 나는 집을 내주었다. 내 공간에 대해 애착을 가지고 어느 정도의 민감함을 가지고 있다고 생각했는데 이런 거 보면 또 그렇지도 않나 보다.

이 친구와는 해방촌에 있는 펍에서 알게 됐다. 당시 해방촌에서 유일하게 새벽까지 열던 '오렌지 트리'라는 펍이었는데, 지금은 없어졌다. 다른 곳에서 놀다가 집에 일찍 들어가기 싫을 때 그곳이 종착지가 되곤 했었다. 지금 그곳은 몇 번이나 간판이 바뀌었는지 모른다.

그 바에선 작은 이벤트들이 있었다. 그중 하나가 스탠드 업 코미디(Stand up Comedy)였는데, 어떤 사람이 작은 무대 위에 올라가서 웃긴 이야기나 짧은 농담을 하면서 관객과 소통하는 것이었다. 서서 마이크에 대고 자신의 이야기를 하면 관객들은 그 말에 반응하며 웃는다. 우리에겐 생소하게 다가왔지만, 외국 친구들에게는 익숙한 문화였다.

또 한 가지 펍에서 볼 수 있는 다른 이벤트가 있다. 바로 트리비아(trivia)인데, 트리비아는 쓸모없는 지식이나 상식을 뜻하는 말이다. 일주일에 하루, 정해진 요일에 펍마다 트리비아 나잇이 있다. 진행자가 있고, 생활 속의 지식이나 상식들을 문제로 만들어 온다. 그럼 각 테이블이 한 팀이 되어 그 문제를 맞히는 것이다. 당연히 우승자에게는 상이 있다.

이런 이벤트들로 인해 펍에서 아주 자연스럽게 다른 사람들과 인사를 하고 친해질 수 있다. 외국 친구들은 레스토랑이나 펍에서 모르는 사람과 인사를 하고 얘기를 나누는 것이 아주 자연스러웠다. 이런 문화를 보면서 느끼는 건 생활 속에서 소소하게 즐길 수 있는 문화를 많이 만들고, 그 기회를 잘 활용한다는 것이다. 꼭 프로가 아니어도 펍에서 기타를 치고 노래를 부르는 일, 펍에서 돌아가면서 진행을 맡아하는 모든 것들에 부담을 느끼지 않고 아주 가볍게 한다.

그와 처음부터 연락을 주고받았던 건 아니다. 그때 스탠드업 코미디 팀이 있었고, 다른 친구가 나에게 적극적인 관심을 표명하며 연락을 했었다. 그와는 친한 친구라고 했다. 나와 연락을 하던 친구는 꽤 먼 곳에 살았고, 이 친구는 경리단에 살고 있었다. 며칠이 지나고 이 친구와 해방촌에서 우연히 마주쳤고, 그 계기가 되어 대화를 하다가 연락을 주고받았다.

지금은 모든 생활 정보를 앱을 통해 볼 수 있지만,

그때만 해도 이태원의 생활 정보들을 담고, 사람들에 대해 소개하는 Groove라는 무료 잡지가 있었다. 그림 그리는 것을 좋아하는 이 친구는 그 잡지에 그림을 연재하고 있었다. 책 읽는 것도 좋아해서 대화가 참 잘 통했다. 무엇보다 집이 가까운 것이 큰 메리트였고. 그래서 자연스럽게 그와 가까워졌고 친구가 되었다.

그렇게 몇 년 동안 연락을 하면서 친분이 쌓이고 그와는 아주 편한 사이가 되었다. 그리고 그가 일하는 학교에서 제공되는 집과 지금 살고 있는 집 만기의 기간이 있어서 잠깐 동안 있을 집이 필요했다. 어차피 난 지방에서 대부분을 보내고 있는 상태였기에 그 친구한테 잠깐 집을 내 준 것이다.

이렇게 또 여사친과 남사친과 주말에만 함께하는 동거를 해본다. 제목에서 동거란 말을 써 놨지만 동거란 건 거창한 게 아니다. 혼자 살지 않는 한 우린 누군가와 계속 동거를 한다. 그중에서도 이성과 하는 동거에 대한 나의 생각이 많이 바뀌었다는 것을 알 수 있었다.

어렸을 때는 기독교적 가치관으로 자라서 동거를 하느니 결혼을 한다고 생각을 했었다. 그런데 점점 나이가 들면서 나를 알게 되고, 확고한 취향을 알게 되면서 결혼이라는 제도가 부담스럽게 느껴지는 것도 사실이다. 한 사람이 좋아서 결혼을 하지만 가족까지 떠안아야 하는 한국의 결혼 제도에 대해 말이다. 물론 그렇지 않을 수도 있다.

동거를 하는 건 집을 따로 두고 살면서 연애를 하는 것과는 또 다른 차원으로 다가온다. 그 사람과 24시간 붙어 있으면서 그 사람의 성향을 알게 되는 것이다. 화장실에서는 뒤처리가 깔끔한지, 설거지를 바로 하는지, 물건을 잘 정리하는지. 그냥 연애할 때는 몰랐던 것들이 세밀하게 볼 수 있다. 같이 살지 않으면 모르는 것들도 참 많다.

나의 마음의 공간에 누군가에게 자리를 내주고, 그 안에서 우린 소통을 하고 많은 감정을 느끼며 살아간다. 기꺼이 자리를 내줄 수 있는 사람이 있다는 것만으로도 괜찮다는 생각이 든다. 그 관계가 지속될지, 어느 순간 끝이 날지 모르지만 말이다. 그저 지금 내 곁에 있는 사람들에게 최선을 다하며 살아갈 뿐이다.

HBC Music Festival

　주변에서 흔하게 볼 수 있는 것들은 소홀히 하는 경향이 있다. 하지만 누군가에게는 흔하게 볼 수 있는 것도 누군가에게는 특별한 것이 될 수도 있다. 해방촌이라는 장소가, 또 그 안에 새롭게 생기는 것들이 나에겐 그랬다. 나에겐 이제 너무 흔한 장소가 되어 버렸는데, 어떤 누구에겐 일 년에 한 번 올까 말까 한 특별한 장소가 되는 것이다. 마찬가지로 어느 누군가에겐 흔한 장소가 나에겐 특별한 장소일 것이다.

　흔한 일상의 장소였던 해방촌이 특별한 장소로 다시 다가온 건 치방에 내려가서 평일을 보내면서부터이다. 그때부터 다시 이곳은 나에게 여행지가 된 느낌이었다. 매주 오긴 하지만, 매일 여기서 시간을 보내는 것과는 달랐다.

무한한 것과 유한한 것을 대하는 마음의 차이라고나 할까. 마음이 달라지면 대하는 태도 또한 달라진다. 항상 그곳에 있겠지 하는 무한한 믿음이 마음속에 자리 잡고 있다면 당장 하지 않아도 되는 것이 된다. 하지만 할 수 있는 시간이나 장소가 한정되어 있다면 바로 행동을 취하게 된다. 내가 해방촌에서 매일을 살 때보다 주말에만 왔을 때 오히려 해방촌 구석 곳곳을 돌아보았다.

무한성을 띠는 해방촌 펍의 소소한 이벤트들과 함께 유한성을 띠고 있는 해방촌만의 축제가 있다. 바로 5월과 9월, 일 년에 두 번 열리는 해방촌 뮤직 페스티벌(HBC Music Festival)이다.

이름만 들으면 대단한 행사 같지만 그렇지는 않다. 누구나 소소하게 즐기고 참여할 수 있는 축제이다. 해방촌과 경리단 곳곳의 펍에서 누구나 음악을 연주할 수 있고, 들을 수 있다. 각각의 바의 성격에 따라 음악의 장르는 달라진다. 락부터 재즈, 어쿠스틱 등등 다양한 음악을 즐길 수 있다.

이 뮤직 페스티벌은 해방촌에서 활동하고 있는 외

국인 뮤지션에 의해 2006년에 시작되었다. 소소하게 시작을 했는데, 점점 참여 펍이 늘어나면서 커지고 있는 것이다. 이 글을 쓰고 있는 시점에는 코로나로 인해 다 중단되었다.

페스티벌 전에 참가 신청서를 받는다. 연주를 하고 싶은 팀은 신청서를 제출하고 음악 성격에 따라 펍과 연주하는 시간이 배정이 된다. 날이 좋은 5월과 9월, 2박 3일 (금, 토, 일) 이렇게 진행이 되는데 이 기간에는 해방촌 거리가 스탠딩 바로 변신한다.

초창기에 이 페스티벌이 시작되었을 때 많은 사람들이 거리에서 서서 얘기를 나누며 축제를 즐기는 바람에 경찰들이 대거 투입되기도 했다. 안전을 염려해서인데 지금은 어느 정도 질서와 자리를 잡아 이렇게까지 하지는 않는다.

음악을 하고, 밴드를 결성하고, 연주를 하고 이런 모든 것들이 전공생들이 하는 것이라는 나의 생각을 깨뜨리게 한 건 바로 이 축제였다. 자신이 좋아하는 취미를 언제나 자유롭게 할 수 있는 문화를 형성하는 외국인들을 보면서 나도 좀 그런 것에 자유하면 좋겠다는 생각을 했다.

그리고 난 예전부터 기타를 배우고 싶었다. 하지만

아직도 기타를 배우지 못하고 있다. 모든 게 제대로 갖춰 있어야 시작할 수 있다는 생각 때문이었을까.

전 남자 친구였던 크리스는 대학 교수였는데, 나를 만나고 있는 도중에 베이스 기타를 배우기 시작하더니 밴드에 들어갔다. 그리고 주말마다 그 밴드와 함께 공연을 다니고 있었다. 베이스 기타는 쉽다고 하면서 나에게 몇 번 가르쳐 주긴 했는데, 통 나는 어렵게 느껴진다. 그래도 먼 훗날에 기타를 치며 노래를 부르는 소소한 바람을 가져본다.

무언가를 배우기 전에 장비부터 최고급으로 세팅하는 사람들이 있다. 비장한 마음을 담아 오래오래 하겠다는 생각으로. 하지만 중요한 건 꾸준히 조금씩 해나가는 것이다. 비록 도구는 완벽하지 않아도 말이다. 생각해보니 무언가를 배울 때 비장한 마음으로 도구부터 구입했던 나는 그 부담감에 짓눌려 도중에 그만두는 일들이 많았다.

오래전부터 해방촌 뮤직 페스티벌에 기타를 치면서 노래하는 것을 꿈꿨다. 그리고 집에 기타를 들였다. 그런데 처음 한 번 꺼내보고, 한 번도 꺼내보지 않았다. 기타뿐 아니라 무언가를 시작하기 전에 그렇게 사놓은 장비들은 각각 집 한 구석을 차지하며 나를 잘 지켜주고 있다. 내가 그들을 잊었음에도 불구하고 말이다.

지금 나는 무언가를 시작할 때 모든 걸 세팅해 놓고 시작하지 않는다. 먼저 조금씩 하는 습관을 들인다. 그 습관이 익을 때쯤 그다음 장비 욕심을 내려고 한다.

이번 해에는 나를 지켜주고 있던 그것들에게 하나씩 말을 걸어볼까 한다. 해방촌 뮤직 페스티벌에서 기타를 치며, 노래를 하고 있는 나를 상상하면서 말이다.

다
시
오
다

앞집 남자

'결국 그렇게 될 일은 그렇게 된다.'라는 말이 있다. 의도했든, 의도하지 않았든 그다지 반갑지 않은 일이 일어났을 때, 과거로 시간을 무한정 돌리다가 어쩔 수 없다는 것을 인지하고, 마음의 평정을 찾기 위해 마지막으로 쓰는 무기와도 같은 말이라고 볼 수 있다. 바꿀 수 없는 과거, 이미 일어난 일에 대해 집착하는 것보다 중요한 것은 그 상황을 인정하고 받아들이는 일이다. 결국엔 분명 이 일이 일어났을 거라 되뇌면서. 그리고 그때 할 수 있는 작은 일들을 하는 것이다.

그 반대로 바라왔고, 예상하고 있었던 일이지만 일이 일어났을 때 예상한 대로의 감정이 들까? 그것도 아니다. 아주 속 시원할 것만 같았던 일도 막상 닥치면 시원하지만은 않다. 아쉬움, 허전함, 쓸쓸함 등의 복합적인 감정을 동반하기도 한다.

지방에서 영어·뮤지컬 학원을 시작하고, 운영한 지 벌써 2년 3개월이 지나 있었다. 그리고 이제 그만해야 할 시점이 되었다고 느꼈고, 마침 학원을 인수하겠다는 사람이 나타나서 모든 것을 정리하는 날이 되었다. 그동안 아주 잘했다고 나를 쓰다듬어 주며 기쁜 마음으로 학원을 넘길 줄 알았는데, 꼭 그렇지도 않았다.

오랜 시간 동안 함께 한 아이들의 얼굴이 주마등처럼 스쳐 지나갔다. 가르치기 위해 학원을 했지만, 때론 아이들을 통해서 배우는 것도 많았다. 마지막으로 학원을 넘겨주고 가는 날, 군 생활을 마치고 세상을 향해 나가는 민간인이 된 느낌이었다.

그렇다고 완벽하게 지방 생활을 정리한 건 아니다. 이곳에 있으면서 학교와 복지관의 강의를 나가고 있었다. 학원은 끝났어도, 약속된 강의는 계약된 기간까지 해야 했다. 대신 이제 반대로 서울에서 4일을 거주하고, 지방에서 3일을 거주하는 일정으로 바뀌었다.

다시 해방촌에서의 삶을 적응해야 한다. 생각해보니 해방촌은 내가 영국에 가기 전과 후에 많은 것들이 달라져 있었다. 전에는 외국인들이 많았다면, 지금은 한국인들을 더 많이 볼 수 있다. 그리고 새로운 식당들이 많이 생겨났다. 동네 사람들이 자유로운 복장을 하고 다니던 옛날과는 달리 한껏 멋을 내고 온 사람들, 그리고 데이트하러 나온 커플을 많이 볼 수 있었다. 그래도 난 여전히 동네 마실 나가는 복장으로 다니고 있다.

그중에서도 가장 달라진 건 바로 '앞집 남자'다. 거실 창문을 열면 앞집 사는 사람을 바로 볼 수 있다. 문을 닫아놓고 살면 누가 사는지 모를 것이다. 그런데 그 남자는 항상 문을 열어놓고 있었고, 앞에 나와 운동을 하고 있었다. 창문만 바라보면 보이는 그 남자의 일거수일투족을 나도 모르게 관찰하게 되었다.

그는 아침마다 커피를 들고 마당에 나와 담배를 피운다. 커피와 담배를 좋아하는 남자. 꾸준하게 운동을 하고, 마당에 조명도 설치하고 아기자기하게 꾸미려고 하는 모습에서 세심한 남자라는 인상을 갖게 했다. 그리고 기타를 치면서 노래를 부르는 자신만의 취미가 확고한 사람이다. 혼자만의 생활을 잘 영위하고 있는 것 같은 사람.

서로의 존재는 분명히 알지만 대화는 하지 않았다.

하지만 그 혼자 살고 남자의 존재로 인해 나도 모르게 안위와 안도감을 느꼈을 수 있다. 나 혼자만 이렇게 살고 있는 게 아니라는 것?

하지만 때로는 누군가의 은밀한 생활 습관까지 알아가고 있다는 생각이 들면서 두근거림과 동시에 얇고도 달콤한 죄책감이 들긴 했다. 그래도 그를 보는 건 멈추지 않았다. 문만 열면 보이는 환경이니 말이다.

어쩌면 내가 이렇게 혼자 동떨어져 사는 삶 속에서 지루해하거나 외로워하지 않는 이유가 이런 이유인지도 몰랐다. 보고 싶지 않아도 끊임없이 펼쳐지는 볼거리들. 그리고 나도 모르게 느끼는 동질감, 그렇다고 절대 간섭하지 않는 개인주의. 이렇게 가까운 거리에 있으면서도 결코 넘어갈 수 없는 거리이기에 느끼는 안전함.

그런데, 어느 순간 앞집 대문이 열리지 않는다. 아마도 이사를 간 모양이다. 아니면 자신의 고국으로 돌아갔을까? 창문을 열어도 보이지 않는 그로 인해 왠지 모를 허전함을 느낀다. 나와는 아무 상관이 없다고 생각했던 사람. 어떤 교집합도 없었던 사람인데 내가 왜 이런 기분을 느끼는지.

언제부터인지 창문 밖에 보이는 그가 나에게 익숙했던 거다. 이젠 낯선 풍경을 받아야 할 때이다.

Hair of the dog

하루 일과를 마치고 그냥 집에 가기는 적적한 날, 친구를 불러내기도 그렇고 혼자 부담 없이 갈 수 있는 그런 장소가 있다면 얼마나 좋을까? 일본 드라마 <심야식당>처럼. "하루가 저물고 모두가 귀가할 무렵 나의 하루가 시작된다."라고 말하는 진실한 주인장이 있는 곳이면 더더욱 좋고. 그곳이 편안한 바(bar) 라면 늦은 시간에도 갈 수 있고, 집과 가까우면 더할 나위 없이 좋겠지. 그런데 집 앞에 정말 그런 바가 생겼다.

해방촌에 있는 바의 역사를 읊어볼까. 내가 술맛, 아니 맥주 맛을 알게 된 것은 지금으로부터 10여 년 전이다. 애초부터 '술은 취하려고 마시는 거야.'라는 생각을 가지고 있는 친구들은 술맛을 느낀다고 하면 이해를 하지 못한다. 하지만 나는 맛을 느끼기 위해 맥주를 마신다. 지금은 편의점에서도 다양한 맥주의 맛을 볼 수 있지만 그때만 해도 맥주가 다양하지 않았다. 이곳이 이태원 근처였기에 그나마 바에 가면 특이한 맥주들을 만날 수 있었다. 10년 전에 갔던 독일 출장에서 난 맥주의 맛을 알게 되었고, 그때부터 바에 가면 다양한 종류의 맥주를 탐닉하게 됐다.

그때만 해도 해방촌에는 있는 바는 '필리스'와 '오렌지 트리'가 전부였다고도 할 수 있다. 그 이후 하나씩 바가 생기기 시작했다. 필리스는 아직도 건재하고, 오렌지 트리는 없어졌다. 두 바만 있을 때는 해방촌 거리도 조용했었다. 상업지구가 아닌 주거지구의 성격이 강했기에 10시만 되어도 거리는 조용하고 어두웠다. 지금은 오히려 밤에 많은 사람들이 있는 것을 볼 수 있다.

아기자기한 바들이 한참 생기기 시작할 때, 난 새로운 바에 가서 다양한 맥주 맛을 보는 것을 서슴지 않았다. 그리고 분위기가 맞는다는 생각이 들면 단골이 되었다. 애정을 가지고 드나들었던 바가 없어질 때는 속상했다. 그래도 그 자리엔 계속 새로운 것들이 들어

찼다. 하지만 예전만큼 정이 가지 않는 것도 사실이다.

공간은 주인의 성향을 고스란히 나타낸다. 주인이 편안하면 그곳은 또 가고 싶은 곳이 되고, 주인이 별로면 한 번 가고 발길을 끊는다. 그렇게 바를 하나 가도 분위기와 자리 등을 체크하는 그런 예민함을 발휘하는 내가 편안하게 갈 수 있는 그런 바와 주인을 만났다. 그리고 다행히 그 바는 없어지지 않고 꽤 오랫동안 자리하고 있다. 남의 가게가 이렇게 나의 삶에 영향을 줄 줄이야….

그 바의 이름은 'Hair of the dog'이다. 이름도 특이한데, 간판에 강아지 한 마리만 그려져 있어 궁금증을 자아냈던 곳. 직역하면 '개의 털'이기에, 그 이름이 바의 이름으로 적당할까 생각할 수 있으나 Hair of the dog은 해장술이라는 뜻을 가지고 있다. 이미 알고 있었다면 당신은 술 천재로 인정한다.

먼 옛날 '개에 물리면 그 개의 털을 상처에다 대면 낫는다.'는 미신이 있었는데, '독에는 독으로 다스린다.'라는 뜻으로 해장술인 것이다. '술은 술로 깬다.'는 그런 의미겠지. 그건 바로 술을 아침까지 계속 마신다는 뜻이다. 바 주인 입장에선 더없이 좋은 일일 거다. 이런 뜻을 알고 나니 왜 이름이 해장술인지 이해가 간다.

Hair of the dog이 생기고 나서 언제든 술을 마시고 싶을 땐, 그리고 이야기를 나누고 싶을 땐 부담 없이 그 곳으로 간다. 거기엔 <심야식당>의 주인장 버금가는 주인장 엠제이가 있어서이기도 하다. 혼자 가도 어색 하지 않은 곳. 그리고 이곳에 있다 보면 모르는 사람도 친구가 된다. 주인장의 역할 때문이기도 하고, 그 분위기로 손님들이 앞장서서 서로에 대한 경계를 허문다. 이 작은 공간에서 해방촌에 사는 각 국적의 사람들을 만난다.

이곳은 해방촌의 사랑방이다. 이곳에 오면 해방촌의 소식들을 다 들을 수 있다. 이곳에서 난 궁금했던 앞집 남자에 대한 소식을 전해 듣기도 했고, 혼자 왔던 친구에게 말을 걸어 친한 친구가 되었다. 그리고 이곳에서 가장 통쾌했던 만남은 전 남자 친구를 우연히 만났던 일이다. 난 그에게 소심한 복수를 했다.

요즘 건강을 생각해서 예전처럼 술을 잘 마시지는 않지만, Hair of dog은 오래오래 있어줬으면 좋겠다.

술, 그노므 술

나도 술맛을 모르던 시절이 있었다. 달고 상큼한 음
료수들이 얼마나 많은데 맛도 없고 쓰기까지 한 보리
탄산음료를 왜 먹는지 이해를 못했었다. 내가 맥주를
좋아하고 맛을 알아버린 이유를 굳이 찾는다면 독일
출장에서였다. 방송 프로그램을 만들기 위해 독일 베
를린을 갔었고, 일 끝나고 감독님들과 함께 독일에서
유명하다는 펍에 갔다.

그곳은 독일식 족발인 슈바이네학센이 유명한 맛
집이었고, 겉바속촉의 대명사라고 불리는 슈바이네학
센을 시켰다. 족발엔 맥주가 빠질 수 없다. 그리고 여긴
맛있는 맥주가 많다는 독일이었다. 맥주 종류가 다양

했기에 어떤 것을 시켜야 할지 몰랐다. 그런데 샘플 맥주가 있어서 그걸 주문하면 여러 종류의 맥주를 조금씩 맛볼 수 있었다. 다 맛을 보고 자신과 맞는 맥주를 고르면 된다. 그곳에서 난 헤페 바이젠과 사랑에 빠졌다. 헤페 바이젠은 바나나향이 나면서 부드러운 맛이 나는 밀맥주이다.

독일을 다녀와서 밀맥주를 파는 곳이 있으면 난 주저 없이 들어갔고, 맥주를 마셨다. 그 이후 밀맥주 탐험에 나서면서 여러 맥주 회사를 알게 되었고, 회사마다 다 맛이 다르다는 것도 발견했다. 이곳이 이태원 근처여서 다행이었다. 다른 곳보다는 다양한 종류의 맥주를 맛볼 수 있었기 때문이다.

언제 마시는 맥주가 가장 맛있냐고 묻는다면 단언컨대 주말 낮에 낭창하게 앉아 마시는 맥주이다. 날씨좋은 날 야외에서 쨍한 햇빛을 벗 삼아 시원한 맥주를 마시면 그렇게 행복할 수가 없다. 밤에 마시는 술과는 차원이 다르다. 다른 곳에서는 이런 풍경이 어색해도 이곳은 해방촌이기에, 그리고 경리단이기에 낮에 술을 마신다는 게 그리 어색한 일이 아니다.

맥주는 병맥주랑 생맥주 두 종류밖에 없다고 생각했던 나! 맥주의 맛을 탐험하며 마시기 시작하면서 맥주의 종류에 대해 자연스럽게 알아갔다. IPA가 뭔지라거, 에일, 헤페는 또 무엇인지에 대해 말이다.

비록 맥주에 대한 사랑과 호기심이 커질수록 소비와 함께 뱃살이 늘어났지만, 행복한 기분 또한 늘어났기에 괜찮았다. 그 와중에 내가 만세를 불렀던 순간이 있다면 맥주 수입 제한이 풀렸을 때이다. 이태원 바에서 만날 수 있었던 맥주를 편의점에서 쉽게 살 수 있었을 때 나는 아주 많이 기뻤다.

술을 마실 때 나만의 원칙이 있다. 절대 빈속에 술을 먹지 않는다는 것이다. 그 원칙이 생기게 된 계기는 첫 남자 친구를 만나면서부터이다. 남자 친구와 50일 기념일이 되었을 때 술을 마시게 됐는데, 너무 떨려서 내가 빈속에 술을 마신 것이다. 그리고 집에 가다가 잊을 수 없는 사건이 발생한다. 그 이후 술을 먹을 때는 뭐라고 꼭 먹고 먹어야 한다는 원칙을 세웠다. 그래야 불상사가 발생하지 않는다.

술을 마시기 시작하면서 필름이 끊겨 본 적은 없다. 그리고 술에 취해도 주사가 없다고 말하고 싶지만…. 기억도 못하는 주사를 한껏 부리고, 필름이 끊겨 통 편집된 사건이 발생했다.

어디선가 술을 마시고 집에 돌아오는 길에 난 바

에 들러 어떤 사람과 대화를 했고, 바 문을 일찍 닫아서 그 사람의 집에 가서 또 술을 마셨다. 어떻게 보면 정말 위험천만한 짓을 한 것이다. 겁도 없이 남자의 집에는 왜 따라갔을까. 그 와중에 다행인 건 일어나 보니 내 집에서 얌전히 자고 일어났다는 점이다.

그런데 MP3가 없어졌다. 그때만 해도 MP3가 유행하던 시절이었다. 그 다음 날, 다행히도 전 날 만난 사람의 전화번호가 있어서 연락을 했더니 MP3는 걷다가 떨어뜨려서 그 남자가 가지고 있다고 했다. 그러면서 덧붙인다. 내가 온갖 진상 짓은 다 했다고. 자신은 끝까지 나를 지켜줬다고 한다. 오히려 그렇게 지켜줬는데 전화해서 대뜸 MP3부터 찾는 나에게 그는 서운하다고 했다.

진상 짓을 했을 때는 차라리 기억에 나지 않는 게 더 좋을지 모른다. 그런 기억이 떠오른다면 얼마나 자신이 싫어질지 생각만 해도 끔찍하다.

이래봬도 나 겁도 많고, 의심도 많은 사람인데 술이 날 그렇게 만들었나 보다. 처음으로 술을 마시고 필름이 끊겨 봤고, 그 이후로 지금까지 다행히도 그래 본 적은 없다.

어떤 경험이든 직접 해 봐야 느끼는 게 확실해진다.

난 술을 통해서 술을 배웠고, 나를 알게 되었다. 맥주라면 한도 끝도 없이 들어갈 거라고 자신했는데, 술이 센 사람이 아니라는 것을 알게 되었다. 술을 마시고 몇 번의 흑 역사를 쓴 후, 난 술을 멀리하고 있는 중이다.

다
시
살
다

싱글의 삶에서 필요한 건

　한 사람과의 연애가 끝날 무렵, 연애 기간을 묵상하며 다음 연애를 위해 발전되어야 할 부분은 무엇일까 길고 긴 건강한 사색의 시간을 갖겠다고 다짐한다. 하지만 그것도 잠시, 옆에 누군가 없다는 공백 기간을 참을 수 없어 그 자리를 채워 줄 누군가를 찾기 시작한다.

　결혼이라는 제도로 들어가면 외로움보다는 괴로움이 수반되겠지만, 싱글의 삶은 이러한 외로움이 수반되는 삶의 공백 기간을 잘 견뎌내며 살아가야 되는 것인지도 모른다. 언제나 늘 연애 중일 수는 없기 때문에. 그리고 연애 중이어도 그 사람과 계속 함께 하리라는 보장은 없기에, 언제든 혼자서도 잘 지낼 수 있는 상태를 만들어 놓아야 한다.

연애를 하다가 헤어지면 극도의 외로움과 쓸쓸함을 느끼게 된다. 하지만 늘 혼자였던 사람은 외로움이 덜하다. 혼자 즐길 수 있는 삶의 루틴을 만들었기 놓았을 때문일 수도 있다. 바로 익숙함의 차이다. 하지만 누군가 그 삶에 비집고 들어오는 순간은 달라진다. 누군가 자신의 삶에서 차지하는 %가 점점 늘어나면 또 그 환경에 익숙해진다. 누군가와 있을 때 시끌벅적해서 혼자만의 시간이 그립다가도 그 이후 혼자가 되면 느끼는 허전함은 배가 된다.

둘보단 혼자가 편하고, 많은 사람들과 함께 있는 게 어색해져 버린 혼자만의 삶을 잘 가꿔 나가고 있는 싱글의 삶에서 가장 필요한 게 무엇일까 생각해 봤다. 바로 비슷한 상황에 있는 동네 싱글 친구가 아닐까 한다. 각자의 삶의 라이프 스타일을 존중하면서 말이 통하여 함께 나눌 수 있는 그런 친구 말이다.

소싯적에 테솔(TESOL)자격증을 따기 위해 주말마다 학원을 다녔을 때, 우리 반에 캐나다에서 온 친구가 함께 이 과정을 수강 중이었다. 그 친구는 유치원이나 개인 과외로 영어를 가르치고 있었지만, 티칭에 대해 더 전문적으로 공부하기 위해 학원을 다니고 있었다. 케이티란 이름을 가진 친구였는데, 이태원에 살고 있어 더 친해졌다.

어느 날, 케이티가 해방촌의 어느 한 카페에서 하는 모임에 날 초대했다. 그건 바로 '드링크 앤 드로우(Drink and Draw)'라고 불리는 드로잉 모임이었다. 이름 그대로 마시면서 그림을 그리는 모임인데, 난 정말 그림에는 재능이 없다. 그런데 케이티는 괜찮다고 했다. 참여 인원은 5명에서 10명 사이였다.

그곳에 모인 사람들은 자연스럽게 자신에 대해 소개를 하고, 누군가가 빈 종이에 그림을 그려나가기 시작한다. 그럼 다음 사람이 그림에 덧붙여 나가는 거다. 그림을 잘 그리지 않아도 되었고, 재미로 하면서 대화하기에도 좋았다. 아무 생각없이 그림을 그리면서 나름대로 힐링되는 느낌도 받았다.

케이티를 통해 또 다른 모임을 알게 되었다. 즉흥연극(Improv theatre) 모임이었는데, 해방촌의 한 펍에서 공연이 있다고 보러 가자고 했다. 동네였기에 흔쾌히 가겠다고 했고, 거의 외국인들로 이루어진 즉흥연극을 관람했다. 무대 위에서 한 멤버가 어떤 행동과 말을 시작한다. 다음 사람이 그 사람을 터치하면서 그

다음에 올 대사와 행동을 하면서 극을 이끌어 나가는 방식이다. 창의적이고 건전한 모임이란 생각이 들었다.

즉흥 연극을 보고 난 후 뒤풀이 파티에서 난 로저라는 친구를 만났다. 로저는 나보다는 나이가 한참 많았지만, 위트가 넘치는 친구였다. 공연이라는 같은 공감대가 있어서 대화가 잘 통했고, 가까이 살고 있어서 친해졌다. 심심할 때마다 로저와 대화를 하며 시간을 보냈다. 창의적이고 재능이 많은 친구였기에 여러 가지 대화를 하며 로저와 베스트 프랜드가 되었다. 이렇게 나이가 있는 사람과 스스럼없이 친구가 될 수 있는 것도 이곳만이 가진 문화이기 때문이지 않을까 한다.

그리고 또 로저 덕분에 영어로 스피치를 하는 모임도 알게 되었다. 영어와 스피치를 향상할 수 있는 더없이 좋은 기회고 그 이후에 사람들끼리 친목까지 다질 수 있어 좋은 것 같다. 몇 번 참석은 했지만, 계속 하지는 못했다.

해방촌에 살면서 외국인 친구들 덕분에 많은 모임을 알게 되었고, 참여하게 되었다. 싱글의 삶을 더없이 즐길 수 있는 좋은 환경이기도 하다. 내가 적극성을 띄고, 조금의 용기만 낸다면 말이다.

하지만 난 그런 모임에 참여를 하면서 또 다른 나의 모습을 발견했다. 나는 새로운 사람을 만나는 것을 좋아하긴 해도, 많은 사람들이 있는 곳에선 낯을 가리고 어색해한다는 것이다.

다수보단 소수의 만남이 좋고, 내 목소리만 듣고도 나의 기분을 알아채는 그런 오래된 친구들하고 있는 게 편한 사람이라는 것을. 그래도 아직 그렇게 공감과 위로를 건넬 수 있는 친구들이 있어 괜찮은가보다.

Rooftop Party

해방촌의 매력을 말할때 루프탑(Rooftop)은 빼놓을 수 없다. 한강이 보이는 전망 좋은 높은 빌딩에서 야경을 보는 것도 좋지만, 해방촌은 날 것 그대로의 매력을 선사한다. 일단 강이 아닌 산에 있고, 서울의 랜드마크인 서울타워가 바로 위에 솟아 있다는 점. 산이기에 언덕을 올라야 하는 불편함은 좀 있지만, 그 언덕을 오르면 멋진 경치를 감상할 수 있다. 평소 산을 좋아하는 나에게 해방촌 루프탑은 최고의 야경 맛집이기도 하다.

요즘 해방촌 오거리 쪽에 있는 신흥 시장이 개발되면서 청년 사업가들이 각양각색의 특색 있는 사업을 펼치고 있다. 쓰러질 것 같은 해방촌의 낡은 건물들이 카페로 변신하고, 젊은 사람들의 감성을 자극하며 사람들을 불러 모으고 있다. 언제부터인지 이곳에서 부쩍 방송 촬영을 하는 것을 많이 보게 된다.

몇 군데 내가 좋아하는 장소가 있다. 하지만 그중에서도 최고는 바로 우리집 루프탑이라고 말할 수 있다. 문을 열고 몇 발짝만 나가면 서울타워가 솟아 있는 게 보이고, 매일 달라지는 색의 서울타워를 본다. 저녁마다 다른 서울타워를 보면서 그 날의 공기 상태를 가늠한다. 초록색이나 파란색이면 오늘 날씨가 괜찮다고 생각하고 주황색이나 빨간색인 날엔 공기가 좋지 않구나 생각한다. 다행히 이 글을 쓰는 요즘엔 계속 초록색과 파란색이 대부분이다. 계속 이런 상태이면 좋을 텐데….

산의 풍경을 보면 좀 더 세밀하게 계절의 변화를 느낄 수 있다. 서울타워를 감싸고 있는 산의 나무들의 색이 변하며 그 모든 것을 말해준다. 봄에는 벚꽃으로 인해 옅은 분홍빛으로 물 들고, 여름에는 짙은 초록색으로 변신한다. 그리고 가을에는 주황색과 빨간색으로 알록달록하다. 겨울엔 휑한 느낌이지만, 눈이 많이 올 땐 하얗게 뒤덮여 운치 있는 풍경을 만들어 낸다. 계절이 가는 걸 색으로 확인을 하다 보면 금세 1년이 지나 있다. 그래도 예전엔 무감각했던 계절을 느끼며 자연이 좋아지고 있음에 이렇게 나이 들어가고 있구나 하는 것을 느낀다. 나는 지금 이런 변화무쌍한 산을 바라보며 해방촌의 루프탑에 앉아 이 글을 쓰고 있다.

예전엔 시끄럽고 사람들이 많은 펍을 좋아했고, 여기저기 돌아다니면서 새로운 사람들을 만나고 재미있는 시간을 보냈다. 그런데 이제 그런 것들이 재미가 없어졌다. 그 당시 함께 했던 친구들과도 연락이 뜸해졌기 때문일 수도 있고, 변해버린 해방촌의 분위기 때문일 수도 있겠다. 아니면 새로운 느낌이 들지 않아 재미가 없거나, 그런 것들이 재미없어져 버린 나이가 되었거나.

이제는 친구들을 만나도 밖에서 만나지 않고 각자의 집에서 만난다. 그리고 무엇보다 우리에겐 편의점에서 파는 다양한 세계 맥주가 있다. 이제 굳이 밖에 나가서 시간을 보내지 않아도 되는 환경이 된 것이다. 집에 있는 시간이 많아지다 보니 전혀 하지 못했던 요리에 관심이 가고 그렇게 하나씩 배워가며 손수 음식을 가는 기쁨을 느끼고 있다.

요즘 내가 가장 시간을 많이 보내는 곳. 그리고 가

장 좋아하는 곳은 바로 루프탑이다. 그리고 언제부터 인지 캠핑 장비를 하나씩 사 모으기 시작했다. 캠핑 테이블과 의자는 물론, 야전 침대까지 구매를 했다. 날이 좋은 봄과 가을엔 친한 친구들을 불러 이곳에서 루프탑 파티를 한다. 주로 모이는 친구들은 10년 이상 된 나의 오랜 친구들이고, 나의 친구들은 서로 이미 다 알고 친한 상태이다.

남들은 언덕이 불편하고, 도시 구획이 잘 되어 있는 반듯한 곳이 좋다고 하는데 난 이곳이 너무 익숙해졌나 보다. 누구나 갖고 있는 바람이겠지만, 건물을 사서 아는 사람들이 언제든 와서 편하게 쉬어갈 수 있는 그런 공간을 만들고 싶다. 루프탑에 와서 한 잔씩 하면서 서로의 일상을 나누고 친구가 되는 그런 공간 말이다.

가능한 오래 루프탑 파티를 즐기고 싶다.

노마드 생활을 청산하다

어느 곳에서나 살 수 있는 가벼운 상태를 만들어 놓는 것. 나의 삶의 모토였다. 나는 미니멀리즘의 삶을 지향해왔다. 캐리어 하나로 어디든 살 수 있는 삶을 추구했다. 그런데 어느 순간, 떠나지 않아도 되는 안정된 삶을 그리워하고 있었다.

해방촌에서 살면서 난 틈나는 대로 해외여행을 다녔다. 짧은 기간을 다녀온 여행도 있었고, 긴 시간 동안 타지에서 살아보기도 했다. 여행을 하면서 깨달은 게 있다면, 처음엔 못 살 거 같이 느껴진 환경에서도 어느 순간 적응을 하며 살아가고 있다는 사실이다.

그리고 자신이 처한 상황에 따라, 경험한 것에 따

라 삶을 대하는 습관과 태도가 달라지기도 한다는 것이다. 이제 해외여행, 그리고 외국에서 살아보는 것 등을 아쉬워하지 않는다. 어쩌면 하고 싶은 것, 가고 싶은 것들을 써 놓고 시간이 허락하는 대로 하나씩 실천해서일 것이다.

이런저런 경험을 통해서 나는 나를 알아갔다. 전에 내가 그렇게 자꾸 바깥 세계에 눈을 돌려 여행을 하고 싶었던 이유는 나를 제대로 몰라서가 아닐까 싶다. 그리고 나에 대한 만족이 없어서. 이제 많은 경험을 통해 새로운 것에 대한 갈망이 없어졌다. 이런 갈망이 없어졌을 때 나는 일상으로 눈을 돌렸다.

이곳저곳 돌아다니며 사는 삶, 무슨 일이 어떻게 일어날지 모르는 노마드 생활은 스펙터클하기는 하다. 하지만 하나의 습관을 지속하기는 어렵다. 이제는 익숙함과 항상성을 통해 나의 삶을 꾸려 나가야 할 때이다. 그래서 하나씩 습관을 만들어 지속하기로 했다.

처음엔 글쓰기 습관을 들였다. 그동안의 노마드 생활의 경험을 정리하게 됐고, 더불어 나와 베스트 프랜드가 되어갔다. 그동안의 경험들 덕에 난 아직 쓸 거리가 차고 넘치긴 한다.

또 하나, 관심을 갖게 된 것이 식물 키우기이다. 사

실 난 매일같이 들여다 봐줘야 하고 정을 줘야 하는 것을 잘하진 못한다. 어린 시절 우리 집엔 항상 화분이 많았다. 엄마가 화분 키우는 것을 좋아했기 때문이다. 그때는 화분이 자리만 차지한다는 생각을 했고, 손이 많이 가는 것 같아 난 좋아하지 않았다. 내가 원하는 건 그냥 깔끔한 환경이었으니까.

어느 날, 아래층에서 파를 화분에 기르는 것이 눈에 들어왔다. 그리고 나도 화분을 한번 키워보면 어떨까 하는 생각이 들었다. 관상용으로 키우는 화분이 아닌 다분히 실용적인 마인드로 접근했다. 사실 집에 있는 시간이 많아지면서 요리를 하기 시작했는데, 야채들을 많이 사면 처치 곤란인 경우가 많았다.

어떤 식물을 키우면 좋을까 알아보기 시작했고, 화분을 사고 흙을 사고, 씨앗을 샀다. 그때까지만 해도 모종을 심으면 더 빨리 자란다는 것을 몰랐다. 화분에 흙을 담고 씨를 뿌렸다. 그 작은 씨앗이 설마 자랄까 하는 반신반의한 생각으로 뿌리고 물을 주었는데, 일주일 후부터 녹색 잎이 나오는 것이 보였다. 식물이 있는 녹색 환경은 당연하게 있는 것이라 생각하고, 관심이 없었다. 그런데 내가 직접 아무것도 없는 흙에 씨앗을 심고, 물을 주고, 하루하루 살펴보면서 조금씩 피어

나는 잎들을 보면서 남다른 느낌이 들었다.

난 아침에 식물에 인사하며 물을 주는 것으로 하루를 시작한다. 식물에게 말 거는 방법을 터득했고, 이 작은 행동은 나의 항상성에 첫 발을 내딛게 만들었다. 그리고 난 화분을 더 사서 상추, 방울토마토, 허브 등을 심으며 함께 사는 나의 친구들을 늘려갔다.

자신에게 기분 좋은 책임감이 부여될 때 그 일을 하면서 보람을 느끼고, 기쁨을 느끼게 된다. 그리고 계속할 수 있는 힘, 항상성을 갖게 한다. 그 힘으로 일상을 다르게 보는 눈을 가지고, 자신과 주변에 정을 붙이고 살아가게 된다.

어떤 자리에 갔는데 엉덩이가 들썩들썩한다는 건 그 자리에 적응을 못하고 있다는 뜻일 거다. 어디론가 자꾸 떠나고 싶다는 건 지금의 상황이 만족스럽지 않아 벗어나고 싶은 것일 수도 있다. 이런 마음이 든다면, 바로 그곳을 떠나려고 하기 보다는 좋아하는 무언가를 만들고, 정성을 들여 보면 어떨까.

처음에 해방촌 집을 계약했을 때 난 내가 이렇게 오래 이곳에서 살게 될지 몰랐다. 하지만 지금 이곳은 나의 두 번째 고향이 되었다. 여행을 떠나지 않고도 이곳에서 오랜 시간을 머무를 수 있었던 건 해방촌이 가지고 있는 특별한 분위기 때문이기도 했다. 일상에서 여행자가 된 기분을 느끼게 하는 곳! 어쩌면 내가 이곳을 좋아하는 만큼 이곳도 날 좋아하기에 날 놓아주지 않는 게 아닐까.

나의 삶에 커다란 변화가 있지 않는 한 아마 이곳에서 계속 살고 있지 않을까 한다. 또 만약 이곳을 떠난다면 삶에 변화가 왔다고도 볼 수 있어 좋을 것이다. 해방촌이었기에 나답게 숨을 쉬며 살 수 있다고 안위하며, 여행하는 기분으로 그렇게 살고 있을 것이다. 항상성을 가지고 살 수 있는 일들을 늘려가면서 말이다.

하루 루틴 만들기

어쩌다 오게 된 해방촌이었는데, 이 동네를 좋아하게 됐다. 나랑 맞는 장소에서 살 수 있다는 것은 축복이다. 만약 나랑 맞지 않는 곳이었다면 어떻게든 난 이사를 가려고 시도했을 것이다. 해방촌의 많은 변화와 함께 나도 많은 일들을 겪었고, 다양한 경험을 했다.

깊은 외로움을 느꼈던 적이 있다. 누군가와 함께 하면 괜찮아지겠지 생각했고, 의지했다. 그렇다고 외로움이 해소되는 건 아니었다. 그저 나 자체로 충만해야 한다는 것을 깨달았다. 내가 건강하고 혼자여도 행복할 때, 누군가와 함께여도 행복한 것이었다. 그저 나 자체로 충만하고 행복한 상태를 만들기로 했다.

어느 여름날, 일몰이 지기 시작할 무렵이었다. 갑자기 걷고 싶다는 생각이 들어 운동화를 신고 산책에 나섰다. 나의 동네 뒷산은 남산이었기에 난 남산을 올랐다.

30분 정도를 걸어 올랐을까 서울 시내 경치를 볼수 있는 장소가 나왔다. 하늘이 정말 환상적이었다. 다행히 휴대폰을 가지고 가서 사진을 찍을 수 있었다. 한참을 넋을 놓고 하늘을 바라봤다. 그리고 벅참을 느꼈다.

그다음 날이 되었고, 같은 시간이 다가올 무렵 난 갑자기 궁금해졌다. 하늘이 어제와 같은 색깔일까? 순전히 그 호기심 하나로 난 또 산에 올랐고 전날과는 다른 색의 하늘을 볼 수 있었다.

어제의 하늘이 진한 주황빛이었다면 오늘의 하늘은 옅은 분홍색과 보랏빛을 띠고 있었다. 그리고 같은 시간에 같은 각도로 사진을 찍었다. 한눈에 그 사진들을 보면 좋겠다는 생각이 들어 SNS에 올리기 시작했고, 그렇게 계속 50일을 산책을 하며 기록을 했다.

걷는 시간을 따로 만들어 산책을 하면서 많은 것들이 보이기 시작했다. 전에 보이지 않던 자연이 보이기 시작하고, 자연의 아름다움을 느끼며 행복해하는 나를 발견한다. 그리고 산책을 하다가 고민하고 있는 것들에 대한 해답이 보이기도 했다. 예전에는 심심해서 이어폰을 끼고 뭘 들으면서 다녔다면 지금은 온전히 나에게 집중하며 걷고 있다. 생각지도 못한 뜻밖의 선물을 매일 받는 기분이다.

한 가지를 목표로 했던 일을 지속하면서 어떤 성취감을 느끼면 다른 것에도 도전하고 싶은 열망이 든다. 매일 남산을 산책하는 건 나의 습관으로 자리 잡았고, 난 한 달에 한 가지씩 작은 습관을 시도해 봐야겠다고 생각했다. 처음엔 아침에 일어나서 스트레칭 하는 것을 목표로 삼았다.

스트레칭을 한 달을 하고, 그다음엔 명상, 그리고 하루에 한 권 책읽기, 유산소 운동 등 하나씩 도전을 하다 보니 나만의 하루 루틴이 완성되고 있었다.

그렇게 하나씩 좋아하는 것들로 하루를 채우다 보니 좀 더 시간이 필요하다는 생각이 들었고, 일어나는 시간을 5분씩 당겼다. 지금은 새벽 4시 30분에 일어나고 있고, 이 글을 쓰고 있는 지금 80일째 지속하고 있는 중이다. 이 루틴은 평생을 유지해 보려고 한다.

요즘 전에는 하지 않았던 것들을 하는 나를 발견하고, 나의 생각과 행동들이 바뀌는 것을 경험한다.

프리랜서로 오랜 시간을 살아왔기에 시간을 내가 잘 관리하지 않으면 그냥 버려진다는 것을 안다. 하지만 시간을 관리하려고 노력하지 않는다. 나를 아끼고 사랑하면, 내가 좋아하는 것들로 시간을 채우게 되고, 그럼 시간은 알아서 관리가 된다. 이제는 나를 힘들게 하는 것들에 신경 쓰지 않고, 좋은 사람들만 만나면서 시간을 보내고 있다. 그렇게 내가 좋아하는 장소에서 난 오늘도 좋아하는 일들을 하며 하루를 살아가고 있다.

그곳이 해방촌이라 참 다행이다.